Wenn ein Meister vom Himmel fällt

–

Wenn Schreiner Kaffee trinken, dann sprudeln neue Ideen aus ihnen heraus, es entstehen auf einem Blatt Papier die schönsten Entwürfe und gewagtesten Konstruktionen für neue Möbel oder eben mal ein Buch ... so geschehen in der Schreinerei Markant in Eppelheim.

SCHREINER

Wenn ein Meister vom Himmel fällt

Werner Sester

Bibliografische Information der Deutschen
Bibliothek:
Die Deutsche Bibliothek verzeichnet diese
Publikation in der Deutschen Nationalbibliografie;
detaillierte Informationen sind im Internet über
<http://dnb.ddb.de> abrufbar.

© 2005 Werner Sester
Herstellung und Verlag: Books on Demand GmbH,
Norderstedt
ISBN 3-8334-4023-6

Inhaltsverzeichnis

Und so fing alles an ...

So einen Anruf erhältst du nicht jeden Tag.
Gott war dran!
Und Gott wollte etwas von **mir**, verstehst du?
Gott war auf der Suche nach einer
Ausbildungsstelle für seinen Sohn, und er hatte
meine Schreinerei ausgesucht.
Ich konnte es kaum glauben. GOTT brauchte
MICH! Wer hätte das gedacht, dass mich diese
miese Ausbildungssituation zu einem
Auserwählten machen würde.
Danke, Kanzler, danke, durch dich zähle ich
jetzt zu den Auserwählten!
Den Lehrvertrag habe ich mir rahmen lassen:

Auszubildender: Jesus
Erziehungsberechtigte: Gott und Heiliger Geist.
Und alles war unterschrieben von ein und
derselben Person und natürlich von mir, dem
Meister.

In einem Punkt drückte ich mich sehr deutlich
aus: **Ich** war der Meister.

Der Gesellenbrief vom Junior als Zimmermann
taugt in einem deutschen Handwerksbetrieb

nichts. Lehrzeitverkürzung kam deshalb überhaupt nicht in Frage.

Sein Meister Josef war zwar ein Könner, das habe ich in der Art und Weise gesehen, wie er das Zeugnis in eine Holztafel eingebrannt hatte, aber wer in keiner Handwerksrolle steht, der hat auch keine richtige Qualifikation, das ist nun mal Fakt. Und so musste Gottes Sohn noch einmal von vorne beginnen, in einer richtigen Schreinerei, bei einem richtigen Meister, bei mir.

Ich lud Jesus dazu ein, dass er sich mit all seinen Fragen an mich wenden konnte, und ich sagte ihm auch, dass ich für tiefgehende oder gar provozierende Gedanken offen war. Selbstverständlich wollte ich im Gegenzug auch Klartext reden. Zu oft war mir Gott eine Antwort schuldig geblieben. Das war **die** Gelegenheit für mich, Gott einmal in die Verantwortung zu nehmen.

Vielleicht hätte ich diesen Deal besser nicht gemacht. Jesus hingegen fand diese Idee großartig. So haben wir uns schließlich geeinigt.

Und siehe da, Nietzsche sollte Tabuthema bleiben. Wer hätte das gedacht, dass Gott noch immer beleidigt ist. Über diese menschliche Schwäche von Gott sah ich hinweg, schließlich hat jeder irgendwo einen kleinen Hänger.

Vor mir lag die Bewältigung einer großen Aufgabe, und als Schreiner war ich es gewohnt, die Dinge in die Hand zu nehmen. Die Ausbildung konnte beginnen.
Jesus freute sich doch tatsächlich auf die kreative Arbeit mit Holz, auf die Arbeit mit einem natürlichen Werkstoff, auf eine ursprüngliche Tätigkeit.
Ich habe sofort meine theoretische Einweisung abgebrochen und gleich mit dem praktischen Teil der Schreinerarbeit angefangen. Zuerst durfte er den Lkw mit den MDF-Platten abladen, dann durfte er schleifen und anschließend schleifen und schleifen. Danach habe ich ihm gezeigt, wie man mit der Kettensäge aus ursprünglich großen Stämmen, ursprünglich kleine Stämme macht. Er durfte an seinem ersten Tag all die schönen Stämme anfassen, tragen und stapeln.
Schließlich wollen wir ja alle, dass Gottes Sohn Freude an der Arbeit hat und seine Kreativität in Holz ausleben kann.

Ich höre heute noch sein Gejammer: „Diese riesigen Platten und so dick und so schwer …"
Ich muss wohl kaum erwähnen, dass wir so ein paar Plättchen früher an der Uhrenkette getragen haben. Läppische dreißig Millimeter MDF und läppische 60er Eichendielen. Was stellen sich die jungen Leute heutzutage vor, wie eine fünfzig Millimeter Treppenstufe entsteht?

Er klagte über Rückenprobleme. Was sollte ich dazu sagen? Bin ich etwa der Erfinder der Wirbelsäule und der Bandscheibe? Jeder Schreiner weiß: Wo die Krümmung beginnt, hört der Verdienst auf. Eine glatte Fehlkonstruktion, das Ganze.
Jetzt war er eingeschnappt und kam mir mit Statistik: „Zehn Jahre Lebensverkürzung, Atem- und Gehörschäden."
Wie war das noch mit dem Staub?
„Aus Staub bist du und Staub sollst du werden."
Und was hatte er mit der Schlange und letztendlich auch mit uns Schreinern gemacht?
„Staub fressen sollst du bis ans Ende deiner Tage."
Ich wollte keine Klagen mehr hören. Staub ist ein Teil unseres Lebens und Maschinengeräusche sind für einen Schreiner Musik. Im Rhythmus der Maschinen klingeln die Kassen.

Kein Schreiner würde in Urlaub fahren ohne Bandaufnahme seiner geliebten Maschinengeräusche. Nur bei diesen Geräuschen entspannt sich ein Schreiner wirklich, und nur diese Geräusche helfen ihm beim Einschlafen in einer fremden Umgebung.

Jesus bekam einen Hustenanfall.

Der Papst der Schreiner

Stell dir vor, er will Schreiner werden und isst
keine Süßteile und trinkt keinen Kaffee. Er will
gesund leben mit Datteln, Manna und Tee.
Das konnte ja heiter werden.

Allerdings war dieser Tag alles andere als heiter.
Der polnische Papst war gestorben. Sein Tod
hatte mich sehr mitgenommen.
Oh, wie ich diesen Ostersegen des Papstes
vermissen werde. Niemand konnte dieses
Ooostern so schön aussprechen wie er. Niemals
wurde ein Segen so herzlich erteilt wie von ihm.
Du kannst es mir glauben oder auch nicht, ich
habe mich jedes Jahr auf dieses Ereignis gefreut.
Ich war traurig und wütend zugleich, dass Gott
mir meinen Papst genommen hatte. Und meine
Kollegen fühlten ebenso wie ich. Dieser Papst
war der Papst der Schreiner, denn er war der
Papst der Armen.
Wir hatten einen von uns verloren.
Das hatte Jesus nicht gewusst. Jetzt war auch er
bedrückt. Fast liebevoll waren seine
Bemühungen, dass er uns einen deutschen Papst
als Nachfolger in Aussicht stellte. Aber ich
wollte **meinen** Papa zurückhaben!

Selbst in seinen letzten Worten hat der polnische Papst an uns Schreiner gedacht als er sagte: „Ich bin glücklich, seid ihr es auch."
Ein wunderbarer Satz.
Allerdings muss ich gestehen, dass ich die Botschaft nicht genau verstanden habe, die mir mein Papst hiermit übermitteln wollte. Er hat bestimmt etwas gewusst, was uns Schreinern helfen sollte.

Warum sollte ich plötzlich glücklich sein? Die Welt hatte sich zwischenzeitlich nicht verändert und das Schreinerhandwerk war nach wie vor die gleiche harte Knochenarbeit.
Ob er vielleicht wusste, dass es mit der Konjunktur endlich aufwärts gehen würde?
Einen besonderen Draht nach oben hatte er ja.

Er war ein Papst mit Weitblick, der aussprach, was er dachte. Wer sonst hätte sich getraut, sowohl Gorbatschow als auch Bush die Leviten zu lesen? Übrigens genauso wie wir es jeden Morgen am Frühstückstisch gemacht haben. Kein Papst hat je in einer Moschee oder an der Klagemauer gebetet. Aber mein Papst hat das getan, genau wie ich. Kein anderer Papst war so entschlossen gegen den Krieg aufgetreten wie er.

Und das hilft der Konjunktur. Es konnte sich nur um die Konjunktur handeln! Mein Papst machte uns Schreinern Mut. Durchhalten und weitermachen. Die kommenden Ereignisse werden es schon richten.

Eigentlich hätte ich mit dieser Erkenntnis zufrieden sein können, und ich wäre es wohl auch gewesen, wenn mir Jesus nicht diese dumme Suggestivfrage gestellt hätte: „Was glaubst du, Meister, in welcher Sprache der Papst **deinen** Satz gesprochen hat?"
Ich war geschockt, denn ich ahnte, was er meinte.
Und plötzlich war ich mir ganz sicher: **Mein** Papst hatte **meinen** Satz in **polnischer** Sprache gesprochen. Sollte das bedeuten, dass er die Konjunktur der polnischen Schreiner meinte?

Das konnte nicht sein, er war doch **mein** Papst!

Die Sache mit der Schwarzarbeit

Natürlich war ich nicht neidisch! Ein klein
wenig enttäuscht, vielleicht.
Und selbstverständlich habe ich nichts gegen die
Kollegen aus den östlichen Ländern. Solidarität
unter Kollegen ist mir heilig.
„Schwindler", brummelte Jesus leise vor sich
hin.
Ja, ich war sauer. Ich gebe es ja zu. Wir werden
von Billigarbeitern aus Polen überschwemmt.
Einen Tag zuvor hatte ich einen Auftrag
deswegen verloren. Die Kollegen waren
günstiger. Sie haben nicht nur das Bad gefliest,
sie haben auch gleich den Parkettboden im
Wohnzimmer mitverlegt. Allrounder, die keine
Grenzen kennen und keine Abgrenzung in den
Gewerken.
Das war **mein** Parkettboden, ich hatte bereits die
Zusage! Nun sollen diese tollen Allrounder mal
sehen, wie sie den schwierigen Handlauf für die
Wendeltreppe hinkriegen – wenn sie es können.
Meine Schadenfreude verschwand in dem
Moment, als der Verstand wieder einsetzte. Jetzt
hatte ich auch noch diesen Auftrag verloren – an
einen deutschen Kollegen.

Obwohl es nicht meine Art war, beklagte ich mich bitterlich bei Jesus: „Es gibt keinen fairen Wettbewerb mehr. Diese Billigschiene macht einem soliden deutschen Handwerksbetrieb zu schaffen. Gute Arbeit wird nicht mehr bezahlt, Wertbeständigkeit gilt nichts mehr. Ganze Zweige unserer Branche brechen zusammen. Heute bestellt man Treppen per Mausklick in Estland zu einem Preis, für den ich hier nicht einmal das Holz bekomme. Die Möbelbranche in China boomt. Dort kosten die guten Stücke nur ein Prozent von dem, was wir verlangen müssten. Und wer sind die Auftraggeber und Nutznießer?"

Jesus setzte zu einer Antwort an.

„Halt! Nicht dieses schwedische Wort! Das ist **mein** Tabuthema! Was nützt es, wenn wir fachgerechte handwerkliche Ausführung zusichern können, wenn Auftrag und Preis auf dem Basar ausgehandelt werden. Und da läuft vieles unter der Hand."

Mein guter Jesus sprang wütend auf und schüttelte die Faust: „Meister, du musst es ihnen mit den gleichen Mitteln heimzahlen. Vergiss den Quatsch mit der linken und rechten Wange, hier muss knallhart zurückgeschlagen werden!"

Ausgerechnet der Prediger der Nächstenliebe, der Verteidiger der Armen, hatte solche Sprüche drauf. Wäre er nicht bereits zu alt dafür gewesen, hätte ich ihm eine hinter die Löffel gegeben. Ich konnte nur hoffen, dass sein Vater nichts davon mitbekommen hatte. Solche Äußerungen werfen ein schlechtes Bild auf meine erzieherischen Fähigkeiten.

Nebenbei bemerkt: Schwarzarbeit kann in einem deutschen Handwerksbetrieb nie eine Lösung sein. Mit was für Geld soll man die Löhne bezahlen und mit welchem Geld das Holz und die gesamten Betriebskosten? Jeder Schreiner wäre verrückt, wenn er freiwillig schwarz-arbeiten würde. Kennst du eine Schreinerei, die Gewinne versteuern muss?

Wo du nicht bist, Herr Jesus Christ – leere Taschen, keine Steuern, so ist das.

Um es noch deutlicher zu sagen: Nicht Handwerker arbeiten schwarz, sondern Kunden **wollen** ‚Schwarz', oder krasser ausgedrückt, erzwingen ‚Schwarz'. Nicht berechnete Mehrwertsteuer kassiert der Kunde, nicht der Erschaffende. Und wer sind diese Kunden? Etwa arme Arbeiter und arme Angestellte, arme Arbeitslose, die sich in ihrem ganzen Leben keinen Schreiner werden leisten können?

Siehst du, so läuft das.

Und ein Beamter schämt sich nicht, auch kein gutverdienender Angestellter, auch kein Politiker oder reicher Unternehmer.

Es wird viel über Schwarzarbeit diskutiert, aber nie über Erpressung.

Und zu Jesus gewandt: „Warst du es nicht, der sagte: ‚Gib dem König, was des Königs ist, und gib Gott, was Gott ist.' Deutlicher kann man sich nicht gegen Schwarzarbeit aussprechen."

Der Vergleich mit einem König hinkt natürlich, denn ein König hat immer nur den Zehnten als Abgabe verlangt, wofür man ihn heute heilig sprechen würde. Und außerdem kann man einen König nicht mit einem Politiker vergleichen. Der König war schließlich für sich verantwortlich, der Politiker ist es nicht, denn er ist ja gewählt.

Meine Argumentation zeigte Wirkung. Jesus wurde bei seiner nächsten Behauptung sichtbar kleinlauter: „Schwarzarbeit hat doch auch etwas Gutes. Schwarzarbeit fließt zu hundert Prozent in den Konsum und ist somit Stimulans für die Wirtschaft."

„Ein Handwerker tut keine Dinge, die unserem Recht widersprechen", sagte ich.

Damit hatte ich in ein Wespennest gestochen.

Jetzt legte Jesus wieder richtig los: „Bei der Verschwendung unserer Steuergelder, bei den

vielen Fehlplanungen und Fehlinvestitionen
unseres Staates, bei dieser Selbstbedienungs-
mentalität der Politiker, bei den Schwarzgeld-
mauscheleien der Parteien ist Steuerhinter-
ziehung nichts weiter als eine Form des
Bürgerprotests."
Ich hatte ihn! Jetzt hatte ich ihn im Sack! Er
sprach von **unseren** Steuergeldern, **unserem**
Staat … Jesus war jetzt einer von **UNS**.
Ich konnte deshalb die pädagogischen Zügel
etwas lockern und die Brücke der Vermittlung
überschreiten.
Schwarze Schafe gibt es überall, ob in Parteien
oder im Himmel.
Ich sagte nur: „Luzifer."
Jesus lachte.
„Luzifer hätte nie in die Staatskasse gegriffen,
um ins Vergnügungsparadies Thailand zu
fliegen. Und er hätte sich für die Mautdebatte
auch einen echten Juristen an seine Seite geholt.
Luzifer ist zwar machtgierig, aber nicht blöd.
Nie würde er sich solch unverschämte Gehälter
ausbezahlen, wie dies Politiker und Firmenbosse
tun. Das wäre ja teuflisch."

Der Teufel ist eben nicht immer der Teufel.

Ich verstehe, dass unser Azubi hier gerne mit der Peitsche reingeschlagen hätte wie damals in dem Tempel unter den Wechslern. Aber so funktioniert das heute nicht mehr.
In den Tempeln der Macht übernimmt das jetzt eine Domina.

Werkzeuge und andere schöne Sachen

„Bist du des Wahnsinns!"
Mich traf fast der Schlag, als ich Jesus sah, wie
er mit **meinem** Stechbeitel den Holzkitt
abkratzte. Das war ein ganz schlimmer Verstoß
gegen eine heilige Grundregel aller Schreiner.
Ich musste sofort handeln. Aber wie? Wie kann
ein Laie tiefe Schreinergefühle verstehen?
Ich versuchte es mit einer Umschreibung. „Also
die Sache ist die: Männer lieben tolle Autos,
Frauen kaufen leidenschaftlich gerne ein und
Kinder verlieren sich im Spiel.
Ein Schreiner ist Mann, Frau und Kind in
einem."
Jesus schaute mich verständnislos an. Es half
nichts, ich musste noch mehr ins Detail gehen.
„Es beginnt eigentlich immer harmlos. Ein
Katalog mit Werkzeugen, ein Vertreterbesuch,
eine Wurfsendung im Briefkasten …
An der Reaktion eines Schreiners erkennst du
sofort, dass es gefunkt hat. Das Herzrasen
beginnt, die Blicke werden zärtlicher,
verstärktes Schlucken, das Ringen um Worte.

Hier öffnet ein Schreiner sein Herz und eine
tiefe Sehnsucht steigt auf. Oder ist es Lust?
Egal.

Ein Schreiner steht auf Werkzeuge! Wenn ein
Schreiner seine Werkzeugkiste anhebt, dann
trägt er nicht einfach eine Kiste, er trägt seine
Braut über die Schwelle seines Schlafgemaches.
Und du kannst mir glauben, es ist kein einziger
Fall bekannt, bei dem ein Schreiner je seine
Liebste hat fallen lassen. Ich gehe noch weiter:
Schreibe einem Mann eine phallische
Verbindung zu seinem Auto zu, bei einem
Schreiner im Hinblick auf sein Werkzeug kannst
du nur von **wahrer Liebe** sprechen.
Hast du das verstanden?"

„Ja, Meister, ich liebe dein Werkzeug",
antwortete Jesus pflichtbewusst.

„Nein! Nichts hast du verstanden! Liebe ist nicht
allumfassende Liebe, Liebe ist **meine** Liebe und
nur **meine**, das ist **mein** Werkzeug! Beim
Werkzeug gibt es kein solidarisches
Miteinander. Das ist ein Schreinergesetz!
Warum, glaubst du, werden alle Werkzeuge mit
einer eigenen Farbe gekennzeichnet?
Sieh her! Das Werkzeug des Meisters hat ein
blaues Klebeband, das der Gesellen ein rotes
und gelbes und das der Auszubildenden ein
graues und schwarzes. Wenn du einen

Rollwagen mit einem gelben Streifen in der Werkstatt siehst, dann ist das durchaus Absicht."
„Und das Klebeband dort auf dem Stromkabel", fragte Jesus.

„Das war vermutlich der Scherz einer Frau. Alle Schreiner lieben ihr Werkzeug. Das heißt – eine kleine Einschränkung muss ich machen, es gibt bei dieser Liebe tatsächlich geschlechtsspezifische Unterschiede und hier sind wir wieder bei den Frauen.

Alle Männer haben diese bedingungslose Hingabe zu ihren Werkzeugen, bei Frauen hingegen dominiert ein eher praktisches Verhältnis zu ihren Arbeitsinstrumenten.

Jedenfalls wirst du sehr bald feststellen, dass die Kennzeichnung der Werkzeuge mit Farben eine durchaus nützliche Angelegenheit ist.

Siehst du am Abend in irgendeiner Ecke ein Werkzeug mit einer gelben Kennzeichnung, dann trägst du dieses wunderbare Stück zurück zu dem Werkzeugträger einer Frau. Siehst du ein Werkzeug herumliegen und achtest nicht auf die Farbe, dann trägst du das Werkzeug automatisch in die gleiche Richtung. Anders herum ist das so: Vermisst du ein Werkzeug mit deiner Farbkennzeichnung und kannst dir keinen Reim darauf machen, wo es abgeblieben sein könnte, gehst du wieder automatisch zu den Werkzeugträgern der Frauen.

Also, wenn du Leim abnehmen musst oder Holzkitt aufträgst, zu welchem Werkzeugträger gehst du dann?

Nicht zu meinem, ist das klar!?

Werkzeuge und Maschinen haben eine Seele und sie sprechen in ihrer eigenen Sprache mit dir.

Hör genau zu.

Mit der Zeit wird dir jedes Geräusch vertraut. Achte auf die Tonlage, achte auf die Untertöne, achte auf das Flüstern. Du hörst, wenn sich eine Maschine wohl fühlt, du spürst ihre Nähe …"

– kurze Unterbrechung – „Alex, verdammt noch mal, mach die Abdeckung des Sägeblattes runter! Und mach gefälligst die Absaugung an!"

Und wieder zu Jesus gewandt: „Zwischen dir und deinen Maschinen und Werkzeugen muss sich eine Innigkeit und Vertrautheit entwickeln, als wären sie ein Teil von dir selbst. So eine Säge lebt, so eine CNC lebt, so ein Hobel lebt. Sie fühlen dich, sie verlangen nach deiner Aufmerksamkeit, sie wollen gestreichelt werden. Diese Hingabe beim Schärfen der Stechbeitel, dieser herrliche Funkenflug …

So etwas findest du nur bei Schreinern.

Maschinen sind halt auch nur Menschen.

Verstehst du jetzt, warum Schreiner stets in Schwierigkeiten sind? Sie müssen sie haben! Sie müssen sie **alle** haben: die Neue. Die Schönere. Die Größere. Die Bessere. Die Wundervollere. Das hat nichts mit einem männliches Macho-Ego zu tun, das ist Erotik pur.
Schau dir nur mein schönes Japanwerkzeug an. Ist es nicht unbeschreiblich? So edel, so elegant …
Nicht anfassen! Nur anschauen.
Solches Werkzeug ist nur für die Vitrine gemacht."
Jesus starrte das Werkzeug an: „Ist das nicht große Geldverschwendung, Meister?"
Das saß.
Er hatte nichts kapiert.
Ich war sehr enttäuscht, als ich ihm erwiderte:
„Ist nicht der goldene Kelch des Priesters auch ein Handwerkszeug? Wird dieser Kelch nicht nach jedem Schluck mit einem Tuch abgewischt? Wird er nicht anschließend wieder liebevoll weggeschlossen? Ist ein Goldkelch keine Geldverschwendung? Ein Weinglas vom Aldi tät es auch!

Werkzeuge sind keine Geldfrage, wir reden hier über Religion!"

Die Bank, dein bester Freund

Ich hatte mich wohl getäuscht. Jesus lernte
schnell.
Seine Augen leuchteten, wenn er an meinem
Werkzeugträger vorbeiging. In den Pausen
wälzte er tonnenweise Kataloge und er bekam
diese feuchten Hände und diesen gierigen Blick.
Ab und zu sah ich ihn telefonieren. Ich
vermutete, dass er mit seinem Vater sprach.
Ich muss gestehen, dass ich stolz auf mein
pädagogisches Geschick war.
Das änderte sich jedoch schlagartig, als der
Paketwagen mit zehn Paketen vorbeikam,
adressiert an:
Jesus c/o Schreinerei Markant.

Jesus war glücklich.
Und ich ahnte, dass ich versagt hatte. Wie
konnte ich nur vergessen, ihm die wichtigste
aller Schreinerregeln zuerst zu erklären – **die
Sache mit der Bank**. Ich konnte doch nicht
ahnen, dass Gottes Sohn keinen Bezug zu Geld
hatte. Was für ein schlimmes Versäumnis!
Ich atmete tief durch und begann aus meinem
reichhaltigen Erfahrungsschatz zu berichten.

„Eine Bank ist dein bester Freund, eine Bank hilft dir, wenn du sie brauchst. Eine Bank erfüllt dir deine Wünsche.

Du hast **nichts – die Bank** hat **alles**.

Und damit diese Freundschaft nicht einseitig wird, zahlst du der Bank für ihre Freundschaft Zinsen. Es gibt oberflächliche Freundschaften, das spielt sich im Bereich zwischen fünftausend und zehntausend Euro ab, und es gibt ganz dicke Freundschaften.

Meine erste Regel lautet: Konzentriere dich auf deinen Job, Freundschaften lenken dich nur ab! Freundschaften können manchmal nervig werden. Bei den kleinen Freundschaften sieht das ganz schlimm aus. Willst du bei einer kleinen Freundschaft nur einen einzigen Tausender mehr als Kredit, dann fühlt sich die Bank sofort ausgenutzt und ist beleidigt. Sie wird sogar sehr böse und kündigt die Freundschaft, wenn du die Grenzen trotzdem überschreitest. Bei einer großen Freundschaft ist das völlig anders. Hier gibt dir die Bank neben einem schönen Batzen Geld auch ihr Vertrauen. Du kannst Kredite überziehen, ohne dass du die Freundschaft mit der Bank verlierst, du musst nur dafür sorgen, dass die Bank dir weiterhin vertraut.

Deshalb mein Rat: Hast du einen neuen Kontakt mit einem Kunden, informiere deine Bank über die vielversprechenden Aussichten. Gibt es einen Zeitungsartikel über dich, dann schicke ihn an deine Bank. Gehst du ein neues Projekt an, dann beteilige deine Bank und bitte sie um mehr Unterstützung. Man weiß ja nie. Schicke deiner Bank regelmäßig eine Aufstellung über die zu erwartenden Umsätze und stelle dich hierbei immer auf **deine** gute Seite.

Freundschaften pflegt man dadurch, dass man nie schlechte Nachrichten übermittelt. Dinge können sich verschieben, das wird akzeptiert. Dinge kommen nicht zustande, darüber redet man nicht. Projekte können scheitern, dafür hat man als Alternative ein noch vielversprechenderes Projekt in der Schublade.

Die Bank ist geduldig. Und je höher ihr Freundschaftsbeweis war, umso geduldiger wird sie.

Wer will schon gerne enttäuscht werden.

Niemand interessiert sich so sehr für dich wie deine Bank. Sie liebt dich und sie kümmert sich um dich. Sie informiert sich über dein Wohlergehen bei ihrem Schufa-Freund. Sie will an deinem Leben teilhaben, insbesondere an deinen Grundstücken, deinen Maschinen und deiner Werkstatt.

Du teilst **alles** mit deinen Freunden."

„Auch die Frau", lachte Jesus.

„Genau! Die muss auch unterschreiben.

Ohne Bank keine Werkzeuge. Ohne Bank keine Maschinen. Ohne Bank keine Schreinerei.

Hast du mich jetzt verstanden?"

Jesus dachte nach und nickte mit dem Kopf.

„Meister, dann bist du meine Bank und ich bitte dich für den Kauf meiner Werkzeuge um einen Vorschuss."

„NEIN!"

Jetzt hatte er verstanden.

Der Schreiner, das unbezahlte Genie

„Eher geht ein Kamel durch ein Nadelöhr als ein Reicher ins Himmelreich", sprach einst unser Azubi in sehr frühen Jahren.

Wenn es je ein Berufsstand schaffen sollte, gemeinsam ins Himmelreich einzugehen, dann sind das die Schreiner. Bei uns Schreinern muss kein Kamel zum Faden werden, denn eine wichtige Bedingung erfüllen wir kollektiv: Armut zählt bei uns Schreinern quasi zur Berufsehre.

Schreiner sind stolz darauf, dass sie die niedrigsten Stundensätze aller Handwerker abrechnen. Schreiner sind stolz darauf, dass sie die niedrigsten Gehälter beziehen. Schreiner sind stolz darauf, dass sie für einen großen Teil ihrer Tätigkeit überhaupt keine Bezahlung erhalten.

„... ganz schön blöd", murmelte Jesus.

Ich überhörte diese Bemerkung. Und ich überhörte auch seinen Nachsatz, dass es immer eine schmutzige Hintertür gäbe.

Ein Schreiner versteht sich als Dienender im Dienste der Menschheit. Er hilft, wo immer er kann. So steht er dem Architekten bei, korrigiert dessen Zahlendreher und hat auch immer eine umsetzbare Lösung in einem Problemfall parat. Der Schreiner bügelt als Letzter auf der Baustelle die Schroffheiten der anderen Gewerke aus und schafft damit eine Atmosphäre des Wohlfühlens.

Ein Schreiner betrachtet die gesamte Menschheit als seine Kundschaft, und so verhält er sich auch. Er stört sich nicht daran, dass er ständig Angebote für irgendwelche Versicherungsabwicklungen schreiben muss, von denen er dann nie einen Auftrag sieht. Der Schreiner stellt selbstlos in jeder Lage sein gesamtes Wissen und seine gesamte Erfahrung zur Verfügung.

Ein Schreiner verfügt über einen reichhaltigen Schatz an Gestaltungsvorschlägen. Er hat ständig neue Ideen und ist natürlich auch in der Lage, diese Ideen umzusetzen. Während ein Theoretiker mit PC und Pappkarton arbeitet, kann ein Schreiner die Wirklichkeit gestalten. Wer bitte ist denn der wahre Designer? In jeder Schublade der Schreiner schlummern geniale Entwürfe und Ideen von wunderbaren Möbeln vor sich hin. Ich bin sicher, dass diese eines Tages auch umgesetzt werden, sofern es die Zeit zulässt.

Schreiner – Designer. Wo war doch gleich der Unterschied? Ach ja, Designer werden für ihr Design bezahlt und Schreiner nicht.

„Stell dir vor, Jesus, neulich haben wir auf der größten Möbelmesse der Welt Furore gemacht. Du hast dich nicht verhört. Wir haben eine völlig neue Möbelgeneration vorgestellt. Die ganze Weltpresse hat über uns berichtet. Wir waren sogar mit unserer ‚Garderobe' nominiert für das beste Einzelmöbel. Und unser ‚Kammregal' gehörte zu den zehn besten Neuerscheinungen. Unsere Biegemöbel in Leichtbauweise waren richtungsweisend. Lob von Designprofessoren aus der ganzen Welt!"
„Ein Lob für Schreiner", wunderte sich Jesus.
„Nein, natürlich nicht. Einen Schreiner schaut man auf einer Designschau nicht einmal mit dem Arsch an. Wir haben uns selbstverständlich genehmigt, als Designer aufzutreten. Mit eigenem Firmennamen, ganz nobel: Quasicommodo.
Lach nicht! Es klang irgendwie italienisch, und die Italiener bekommen immer einen Bonus. Es war grandios. Als Designer hast du sofort dein Publikum, und als Affe herumzuhüpfen ist gar nicht so schwer, es merkt ja niemand."

„Und was war mit der Kohle?", fragte Jesus.
„Ach so, das hatte ich glatt vergessen. Wir
haben Muster nach Japan, China, in die USA,
Australien und nach Brasilien geliefert.
Das war schon sehr aufregend."
„Und was war mit der Kohle?", fragte Jesus.
„Das mit dem Geld war so: Die Möbel zu
entwerfen und zu bauen, das war sehr teuer. Die
Messe war sehr teuer, die Vorbereitungen waren
sehr teuer, der Möbelstand war sehr teuer, und
der Arbeitsausfall war auch sehr teuer.
Aber die Presse war enorm."
„Und was war mit der Kohle?", fragte Jesus.
„Der Möbelmarkt ist hart. In China wird
vermutlich schon fleißig gebaut, nachgebaut.
Bei den Bestellungen haben wir unseren
angestrebten Millionenumsatz nicht ganz
erreicht. Aber es sind die Zeiten insgesamt. In
harten Zeiten kauft niemand Möbel. Wenn die
deutschen Möbelverbände nichts von dir wissen
wollen, dann siehst du alt aus, genauso alt wie
ihre Kollektionen.
Wir haben jedenfalls erfahren, dass Genialität
und Verkauf auf zwei unterschiedlichen Gleisen
fahren. Aber unser Auftritt war klasse. Und wir
haben es probiert."
„Und ihr seid jetzt ärmer als vorher", folgerte
Jesus.

„So kann man das nicht sehen. Zumindest haben wir gezeigt, dass die doofen Schreiner nicht ganz so doof sind und es mit jedem Studierten aufnehmen können.

Also gut, ich gebe es zu: Wir sind immer noch arm. Armut ist keine Schande, und es hätte auch anders ausgehen können.

Vielleicht kann ich dir in einem (frei zitierten) Gedichtausschnitt erklären, worum es wirklich ging:

‚Arm am Beutel, krank am Herzen, schleppt er seine langen Tage, Sehnsucht ist die größte Plage …'

Das war unser eigentliches Tun. Es war die Sehnsucht des Schreiners, endlich für sein wirkliches Vermögen Anerkennung zu finden. Und das haben wir erreicht. Wir haben unsere Selbstachtung wieder und die ist unbezahlbar."

„Und was wird mit der Kohle?", fragte Jesus.

„Vielleicht muss ich wirklich einmal nach-schauen, ob sich in meinem schmutzigen Hinterkämmerchen nicht ein paar Goldklumpen versteckt haben.

Dann gehe ich eben später ins Himmelreich ein."

Der Schreiner, ein Meister der Psychologie

In der Werkstatt hatte Jesus Kontaktschwierig-
keiten. Die Schreiner verstanden ihn nicht und er
verstand die Schreiner nicht. Sehr bald wurde
ihm klar, dass Schreiner eine eigene Sprache
entwickelt haben, die sich sehr von seiner Art zu
reden unterschied. Mit seinen Predigten und
Gleichnissen fand er einfach keine Zuhörer.

Ich nahm mich der Sache an.
Während Jesus mal wieder langatmig über ein
„Samenkorn, das viele Frucht bringen wird,
wenn es stirbt ..."einen Vortrag hielt, machte
ich einen letzten Sägeschnitt an meinem Stück
und sagte:
„Sooo!"
Es war das langgezogene Schreiner-„Sooo", das
jedem Schreiner vertraut ist: Ich habe die Arbeit
getan und ich bin mit meinem Werk zufrieden.
Das Nachsprechen dieses Ausdruckes machte
Jesus sichtlich Schwierigkeiten. Er verstand
einfach nicht, dass es gewisse Nuancen im
Gebrauch eines Schreiner-„Sos" gibt. Neben
dem bereits erwähnten langen „Sooo" kennen

wir noch das kurze „So", das eine Art
Motivationshilfe ist, während das mittlere „Soo"
die Betonung auf „weitermachen" legt.
Mit dem Schreiner-„So" wollte sich Jesus nicht
anfreunden. Er wehrte sich vehement gegen jede
Form der Verkürzung der Sprache. In blumigen
Worten versuchte er mir die Bedeutung einer
ausgereiften Sprache zu erklären, die
unmittelbar Auswirkung auf das Denkverhalten
haben sollte.
„Ohne richtige Sprache gibt es keine Kultur.
Eine Verarmung der Sprache führt zu einer
Verarmung im Denken, im Handeln und in
Beziehungen."
Solch hochtrabende Sätze machten mich nervös.
Und schon war es geschehen: Der Unterschrank
wurde zu kurz! (Pause) Ich schaute mir die
Katastrophe an, ich schaute Jesus an. Ich holte
tief Luft, ich rang mit mir, ich verzehrte mich …
Aber dann kam das laute und klare „Tja!"
(Übersetzt: So bleibt es jetzt!)
Ich schaute Jesus eindringlich an und sagte ein
deutliches „Tja!"
Jesus wiederholte eingeschüchtert: „Tja", und es
war ihm klar, dass es jetzt so blieb.
Wir redeten nie mehr über Sprachverarmung. So
leicht lässt sich die Schreinersprache erlernen,
wenn man nur richtig betont.

Kaum hatte sich Jesus von seinem Schrecken
erholt, da kam ihm schon wieder eine glänzende
Idee. Er glaubte doch tatsächlich, den Kern der
Schreinersprache entdeckt zu haben.
„Wer wenig redet, hört mehr zu."
Hier konnte ich nur nickend zustimmen.
Allerdings erschienen mir seine Schluss-
folgerungen sehr gewagt.
„Der Schreiner ist seiner Zeit um Jahrhunderte
voraus", rief er überschwänglich. „Was die
moderne Psychologie heute als künstliches
Mittel einsetzt, um den Patienten in tiefe
Regionen seines Selbst hinabsteigen zu lassen,
ist beim Schreiner ein Wesenszug, eine ihm
innewohnende Eigenschaft!" Und weiter meinte
er: „Beim Schreiner reden alle gern, man fühlt
sich verstanden und aufgehoben. Der Schreiner
ist eine Person des Vertrauens, er ist Heimat."
Ich muss gestehen, dass mir die Worte von Jesus
schmeichelten. Ein Kern Wahrheit war vielleicht
dran. Wenn ich mir so recht überlege …? Sind
die langen Vorträge des Architekten nur ein Zu-
sich-Kommen in einer überfrachteten Bau-
stellensituation? Ist der Schreiner vielleicht sein
heimlicher Psychologe, der ihm Kraft gibt und
Zuversicht vermittelt, dass doch noch alles gut
wird? Reden wir hier von einem

Übertragungsphänomen aus dem Wesenszug des Schreiners?

Bei all den Gedanken wurde mir ganz schwindlig. Nie und nimmer hätte ich gedacht, dass mein „So" solche Dimensionen haben könnte.

Jetzt sah ich vieles in einem anderen Licht. Das „Eh, Alter, abgefahren …" erschien mir jetzt wie eine Prophezeiung.

Der Schreiner und sein Kunde

So gestärkt ging ich zu einem Kundengespräch, und Jesus durfte mitkommen.
Eine heikle Aufgabe stand bevor. Es ging um die Erneuerung eines Dessousgeschäftes.
Eine schwierige Kundin! Sie hatte eigene Wünsche und Vorstellungen. Aber mit der ruhigen und gelassenen Schreinerart habe ich es geschafft, dass sie nach drei Stunden intensiver Selbstgespräche schließlich gar nicht mehr wusste, was sie überhaupt haben wollte.
An diesem Punkt ist dann der Schreiner am Zug. Ich nahm einen Bleistift und zeichnete auf ein Stück Holz den groben Grundriss auf: So, so und so … und dann das große Schreiner-„Sooo". Das war's.
Zum Schluss darf der wichtige Hinweis an den Kunden nicht fehlen, dass es anders gar nicht möglich ist.
Jesus stöberte in der Zwischenzeit in den Schubladen des Dessousgeschäftes herum. Schlüpfer und Büstenhalter und hauchzarte Strümpfe hatten es ihm besonders angetan. Für ihn waren das faszinierende, unbekannte Kleidungsstücke. Als er einen feinen Strumpf an seinen Füßen entlangstreifte, registrierte ich zum

ersten Mal, dass Jesus ein langes weißes Gewand trug. Aber nicht das störte mich, er hatte darunter keine Sicherheitsschuhe an. Und das konnte ich ihm nicht durchgehen lassen.

In all der Aufregung hatte ich die Kundin ganz vergessen, die sich wiederum ganz intensiv mit ihrer Einrichtung beschäftigte. Es ging jetzt wohl um die Art des Holzes. Sie schwankte von Teak über Buche und schließlich landete sie bei Eiche. Die hatte ich nämlich vorrätig, und zwar gut abgelagerte Eiche, das Beste vom Besten.

In solch intensiven Gesprächen entwickelt sich eine Nähe zwischen Schreiner und Kundin, die man nicht wirklich beschreiben kann. Als Schreiner dringt man in die intimsten Regionen einer Kundin vor. Die Kundin offenbart dem Schreiner ihre tiefsten Geheimnisse und lässt ihn in die privatesten Winkel ihres Lebens schauen. Schon deshalb ist Zurückhaltung eine der wichtigsten Eigenschaften des Schreiners. Der Schreiner nimmt an allem teil, was die Kundin bewegt, was sie belastet, was sie stört und was sie liebt. Die Kundin ist nur dann wirklich zufrieden, wenn sie sich verstanden fühlt. Ein Schreiner muss präsent sein und doch wie ein Geist. Er kommt, er versteht, er macht und verschwindet wieder still und heimlich. Und zurück bleibt ein großes Geschenk, das die Kundin dann teuer bezahlen muss.

Einem unausrottbaren Gerücht sollte ich an dieser Stelle einmal entschieden entgegentreten. Es wird doch tatsächlich behauptet, dass der Möbel- und Wohnbereich eine Domäne der Frau sei.

So ein Unsinn!

Wenn ein Mann und eine Frau sich den Rat eines Schreiners einholen, dann macht dieser immer zahlreiche Vorschläge. Zuerst gibt es eine einfache Lösung, die sogenannte Billigvariante. Dann gibt es die praktische Lösung, klar umrissen, nicht billig, aber wunderbar. Zum Schluss bietet der Schreiner noch eine raffinierte Lösung an, von der er selbst nicht genau weiß, wie er diese in der Praxis umsetzen kann. Diese letzte Variante ist deshalb sehr, sehr teuer und kommt eigentlich auch gar nicht infrage.

Frauen fühlen sich von dieser letzten Variante geradezu magisch angezogen. Diese letzte Variante bietet ihnen die Möglichkeit, noch eigene Vorstellungen einzubringen, das Ursprungskonzept noch zu erweitern, um noch eine weitere Unmöglichkeit draufzusetzen. Wie schon gesagt: gar nicht umsetzbar.

Die Arbeit des Schreiners besteht nun darin, die praktische Lösung in den Vordergrund zu stellen.

Ein Mann versteht das sofort. Ein Mann mag keine schwierigen Lösungen. Der Mann erkennt den Sachverstand eines Schreiners und ist stets geneigt, die praktische Lösung zu wählen.

Der saftige Preis ist schließlich der Schlusspunkt unter einer langen Diskussion zwischen der Frau und ihrem Mann, der von **seinem** Schreiner den Rücken gestärkt bekommt.

Der Mann hat entschieden!

So verabschieden sich die beiden und der Schreiner ist zufrieden.

Und es wäre auch alles gut, gäbe es da nicht den Anruf des Mannes am nächsten Tag.

„Wir haben uns jetzt doch für die teuere Variante entschieden. Sie gefällt uns jetzt doch viel besser."

Was habe ich gesagt: Der Mann entscheidet letztendlich.

Im Handwerk wird viel über schwierige Kunden geredet. Ein Schreiner kennt keine wirklich schwierigen Kunden. Trifft ein Schreiner auf einen völlig aufgelösten und entnervten Kunden, weil dieser vor einem schwierigen Problem steht, dann ist seine erste Reaktion: Er schlägt die Hände über dem Kopf zusammen und ruft: „Oh, lieber Gott!"

Ist der Kunde hiervon noch nicht beeindruckt, dann folgt: „Reiße Si am beschte glei alles raus!"

Spätestens dann ist der Kunde sprachlos. Jetzt ist der Schreiner Herr der Lage, und es beginnt der einfache Teil.

Für jedes Problem gibt es eine Lösung. Und ein Schreiner erweist sich wieder einmal als **der** Problemlöser schlechthin. Mit Kompetenz und Höflichkeit erobert der Schreiner im Sturm das Herz des Kunden. Die vorgeschlagene Lösung wird dann auch etwas günstiger als der gesamte Abriss. Der Kunde kann erleichtert aufatmen. Durch solch vernünftige Lösungen entstehen Freundschaften und Bindungen für das ganze Leben. Und es gibt durchaus Fälle, bei denen eine Kundin in Tränen ausbricht, wenn der Schreiner seine Tätigkeit verweigern muss, weil er sich gerade selbst im Stress befindet.

Aber so etwas ist die absolute Ausnahme – ich schwöre es.

Wenn Schreiner feiern

Post war gekommen. Als ich sah, um was es sich handelte, bin ich kurz erschrocken.
Es war eine Einladung zu einem Schreinerfest. Verstehen Sie mich nicht falsch, ich liebe Schreinerfeste. Aber der Verstand geht manchmal eigene Wege und produziert jede Menge Zeug, gegen das man sich nicht wehren kann.
Waren die Kollegen in Schwierigkeiten? Soll mit einem Schreinerfest der letzte Kreativposten aktiviert werden, um sich bei Kunden und Kollegen wieder bemerkbar zu machen?
Solche Gedanken schwirrten mir im Kopf herum, denn ich hatte so meine Erfahrung und ich hatte so eine Ahnung: Wenn Schreiner feiern, dann sieht es oft übel aus.
Das ist aber nur die eine Seite der Medaille. Die Feste sind wirklich spitzenmäßig. Da ist der Bär los. Schreiner haben eine besondere Art von Humor, sie verstehen Spaß und kennen jede Menge lustige Geschichten. Schreiner sind außerdem Genießer, vielleicht nicht die besten Tänzer, aber unter so viel Gleichgesinnten spielt das eh keine Rolle.

Auf so einem Fest erkennst du auf den ersten Blick, ob es sich bei einer Person um einen Schreiner oder um einen Kunden handelt, einmal abgesehen davon, dass einige Schreiner auch in ihren Ausgehklamotten einen zusammenklappbaren Meterstab mit herumtragen, den sie dann gewohnheitsmäßig zum Kaffeeumrühren benutzen. Schreiner üben nämlich vor Möbeln eine rituelle Handlung aus. Und die sieht folgendermaßen aus:

Wie bei jedem Fest werden die Ladenhüter der Schreinerei in neuem Glanz in Reih und Glied aufgebaut. Die Möbel haben eine Art Lifting hinter sich und erscheinen wieder jung und frisch. Ein Schreiner schreitet die super-günstigen Angebote der Reihe nach ab. Bei jedem Möbelstück bleibt er kurz stehen. Zuerst streichelt er mit der flachen Hand über die Oberfläche, danach prüft er die Lauffähigkeit der Schubladen. Bei einem Tisch schaut er unwillkürlich unter die Tischplatte und bei Schränken überprüft er die Geräusche der Türen. (Kurze Anmerkung: Wenn Sie in Begleitung eines Schreiners in ein nobles Restaurant mit schönen Massivholztischen gehen und der Blick des Schreiners wandert unter den Tisch, dann seien Sie versichert, dass dieser Blick nur den Tischverbindungen gilt und nicht Ihren Beinen.)

Einen Kunden interessiert nur die Optik.
Deshalb bleibt er auch in einiger Entfernung vor
den Möbeln stehen und macht bewundernde
Bemerkungen über die Meisterstücke. Das
Interesse des Kunden ist riesig. Nur leider ist der
Farbton zu dunkel und leider hat sich der Kunde
bereits vor vierzehn Tagen bei IKEA neu
eingedeckt.
Schade.

Ein Fest bietet eine gute Gelegenheit, den
Nachwuchs in die Schreinergemeinschaft
einzuführen. Also nahm ich Jesus mit auf die
Fete. Wer viel arbeitet, der soll auch die heitere
Seite des Schreinerlebens kennen lernen.
Wir Schreiner haben uns köstlich amüsiert. Viel
wurde über die neuen Maschinen geredet, über
neue Produktionstechniken, über neue
Bezugsquellen beim Einkauf und über neue
Marktstrategien. Ja, es war ein wirklich tolles
Fest. Schreiner wissen, wie man feiert.
Und nach einigen Stunden wirkte dann der
Alkohol. Dann wurden alte Geschichten erzählt
und neue, und es ging richtig hoch her. Zu
diesem Zeitpunkt sind Schreiner stets unter sich.
Kunden verfügen nicht über das Stehvermögen
eines Schreiners. Vielleicht mögen sie auch
keine Schreinergeschichten, wer weiß das schon.

Der Schreiner hingegen taut in vertrauter Gemeinschaft immer mehr auf. Je später der Abend, umso mehr geht er aus sich heraus. Es gab sogar schon Feste, da wurde vereinzelt geflirtet.

Der Kaiserstühler Wein hatte es Jesus angetan und er wollte unbedingt seinen Teil zum Gelingen des Festes beitragen. Er füllte alle leeren Weinflaschen mit Wasser und versprach eine wunderbare Verwandlung von Wasser zu Wein. Gerade noch rechtzeitig konnte ich die Flaschen ausschütten. Fragen Sie mich bitte nicht, ob die Verwandlung gelungen war, ich habe keine Ahnung.

Zu später Stunde kam dann doch noch so eine Art Wehmutsgefühl auf, denn so ein Schreiner-fest impliziert halt immer, dass es diese feuchtfröhliche Runde in dieser Zusammen-setzung das letzte Mal geben könnte. Und das Ende vor Augen machte das Leben nochmals intensiver.

Wir haben darauf angestoßen.

Jesus war betrunken.

Der Schreiner und seine Erotik

Erst am nächsten Tag erfuhr ich, dass es für den jämmerlichen Zustand von Jesus am gestrigen Tag eine simple Erklärung gab: Jesus hatte sich verguckt und prompt eine Abfuhr erhalten.
Jesus tat mir leid. Ihm fehlte in dem Spiel der Erotik einfach die Erfahrung. Erfinder von Liebe und Sexualität zu sein ist eine Sache, die andere ist es, die Spielregeln des Spiels zu beherrschen. Und Jesus hatte keine Ahnung.
Ich machte mir Vorwürfe, dass ich Jesus nicht darauf aufmerksam gemacht hatte, dass seine neuen Latzhosen und Sicherheitsschuhe nicht die passende Kleidung für ein Schreinerfest waren. Im weißen Gewand wäre er sicherlich mehr aufgefallen als in seinem Schreinerbeige, das jede erotische Ausstrahlung erschlägt.
Jesus wird dieses Spiel sicher auch noch lernen, denn Schreiner kreuzen schon aus beruflichen Gründen unentwegt die Pfade der Erotik. Ohne zu übertreiben, kann ich behaupten, dass Schreiner Meister der Erotik sind.
Jesus wurde hellhörig, als ich über die Erotik erzählte.
„Jeder Schreiner kennt die Situation, wenn er in einem Bürokomplex arbeitet, einer Versicherung

etwa. Die charmanten Damen und Herren sprechen dort in einer vertrauten, doppeldeutig verschmitzten Art miteinander – so eine Nähe findet in keiner Ehe statt. Ehen wirken im Vergleich dazu eher nüchtern. In Ehen wird tatsächlich organisiert, strukturiert und gearbeitet. Keine aufregenden Gefühle! In der Ehe geht es knallhart zur Sache.

In einem Büro ist das anders. Das ist eine Bühne. Dort wird geschauspielert, geflirtet, Strategien entworfen, Intrigen gesponnen – und alles auf der Ebene des Gefühls. In solch einem Büro kannst du nicht vernünftig arbeiten, dort wirst du kirre."

„Und das ist eine Katastrophe für jeden echten Schreiner, denn solche Gefühle kennt er nicht", mischte sich Jesus ein.

Ich war verblüfft. Wie konnte einer mit so wenig Sachverstand so unverschämte Behauptungen aufstellen.

„Meister", sprach er, „hast du jemals in einer Schreinerei solche Schwingungen zwischen männlichen und weiblichen Schreinerkollegen feststellen können?"

„Natürlich nicht!", entgegnete ich entrüstet.

„Unser Job muss sauber bleiben. Unser Job ist viel zu gefährlich für solche Spielchen. Wir Schreiner haben noch Respekt vor einer

gleichberechtigten Kollegin. Ich will nichts
hören von soziologischen Untersuchungen über
die sexuellen Fantasien von Fließband-
arbeiterinnen, wir sind hier Schreiner!
Eine Unachtsamkeit und der Finger ist ab oder
wochenlange Arbeit war umsonst. Wir Schreiner
haben in puncto Erotik unsere eigene
Ausdrucksweise entwickelt."
„Und die ist so raffiniert, dass sie keiner mehr
wahrnimmt", frotzelte Jesus. „Der Schreiner ist
in puncto Erotik ziemlich identitätslos. Zu
ungehobelt für das feine Spiel der Banker, zu
fein für die Derbheiten der Bauarbeiter. Oder
einfacher: Er ist sprachlos im Gefühl."
Musste ich mir so etwas von einem bieten
lassen, der sich mit „reiner Energie" und
„höherem Bewusstsein" besser auskannte als mit
fleischlicher Lust?
Ich war wütend: „Was ist denn mit deinen
Kirchenmännern? Und was war mit Maria
Magdalena? Hast du oder hast du nicht?"
Das mit Maria Magdalena war wohl eine Spur
zu viel. Von dem bedrückten Jesus war nichts
mehr zu sehen. Jetzt stand einer vor mir, der
zumindest so tat, als wüsste er Bescheid.
Er leitete den Todesstoß sehr sanft ein:
„Könntest du dir vorstellen, Meister, dass man
nur deshalb den Beruf eines Schreiners erlernt,

weil man vor seinen eigenen erotischen
Gefühlen Angst hat und sich in diesem Beruf gut
verstecken kann?"
Das war zu viel!
Jesus musste die Werkstatt fegen.

Die Erotik des Schreiners eine Sache der
Fantasie und der Heimlichkeit?
Ich wurde unsicher.
Ich nahm einen Besen und fegte mit Jesus
zusammen die Werkstatt.

Alles BIO oder was?

Sieht ein Schreiner in seinem Beruf eine
Berufung, dann wird er Bioschreiner.
Der Weg zum Bioschreiner ist sehr langwierig.
Wie viele Kämpfe, wie viele Niederlagen
begleiten diesen Weg? Der Weg zum
Bioschreiner ist ein Weg der Charakterbildung.
Überall lauern Gefahren.
Habe ich das richtige Holz, wurde das Holz bei
Vollmond geschlagen, wurde der richtige Leim
bei Plattenwerkstoffen verwendet, sind die
Stämme garantiert aus einer vorbildlichen
Forstwirtschaft, bestehen meine OSB-Platten
mindestens zu fünfzig Prozent aus FSC-
zertifiziertem Ausgangsmaterial, habe ich meine
Oberflächen auch mit lösungsmittelfreiem Öl
und einem reinen Biowachs behandelt?
Fallen – überall Fallen.
Und es geht weiter.
Habe ich meine Werbebroschüre auf hundert
Prozent Recyclingpapier gedruckt? Wurden bei
diesem Druck auch wirklich Pflanzenölfarben
benutzt? Habe ich das richtige Schreibpapier,
die richtigen Briefumschläge, die richtigen
Schreibgeräte, das richtige Toilettenpapier?

Ein Bioschreiner macht keine halben Sachen. Er ernährt sich besser als andere Schreiner, isst Vollkornbrot und Bioschokolade, und er trinkt gerne Tee und Bier, wenn es nach dem Reinheitsgesetz gebraut wurde.

Bioschreiner zu sein ist ein erfüllter 24-Stunden-Job. Deshalb stört es ihn auch nicht, wenn seine neue Biomatratze nach Heu und totem Hasen muffelt und er nicht so gut darauf schlafen kann wie auf Muttis alter Federkernmatratze. Die Abende sind voll gepackt mit Arbeitskreisen, wie Ökologie und Schreinerhandwerk, mit Besuchen von Yogakursen und mit dem Auspendeln neuer Aufträge.

Mitglied im BUND zu sein ist ein klares Muss, und bei Greenpeace sollte man wenigstens Beiträge bezahlen, wenn man keine Zeit hat, sich an Walfangschiffe anzuketten.

Jesus hörte aufmerksam zu. Auch er wollte sich für die Erhaltung des Regenwaldes einsetzen, auch er wollte Bioschreiner werden. Und so habe ich Jesus in die Geheimnisse des Bioschreiners eingeführt.

„Die Entscheidung, ob man ein Bioschreiner wird, ist in erster Linie eine Standortfrage. Die Gesinnung formt sich."

So eine Antwort hatte Jesus nicht erwartet.

Ich fuhr fort: „Für einen Lackraum braucht man eine Genehmigung und sehr viel Geld. Es ist eher unwahrscheinlich, dass für eine städtische Werkstatt eine Genehmigung erteilt wird."
Das war eine ernüchternde Aussage zu knallharten Vorschriften.
„Ein anderer Berufszweig würde sich diesem Unvermeidlichen ergeben, nicht aber ein Schreiner, wenn es um **seine Werkstatt** geht!
Ein Schreiner kämpft!
Ein Schreiner kämpft gegen Behörden – und verliert.
Ein Schreiner kämpft gegen Einsprüche – und verliert.
Ein Schreiner kämpft gegen die Bank – und verliert.
Ein Schreiner kämpft lernt und **siegt!**
Er wird Bioschreiner!
Mao Tse-tung würde hier wohl sagen, dass aus der Niederlage und dem Lernen aus der Niederlage die wahre Veränderung kommt."
„Starker Satz", meinte Jesus, „wer ist Mao Tse-tung?"

Die praktische Unterweisung in Sachen Bio war für Jesus sehr aufregend. Immer wieder schnupperte er an dem Zitronenduft seiner Öl/Wachs-Oberfläche, er konnte einfach nicht

genug davon bekommen. Hier kamen wohl alte Heimatgefühle nach dem gelobten Land hoch.
Jesus meldete sich freiwillig zum Dauereinsatz für die Oberflächenbehandlung von Schrankwänden. Das war sehr lobenswert.
Nach einiger Zeit klagte Jesus über Bauchschmerzen. Er hatte ständig Hungergefühle auf Süßes, obwohl er doch auf Manna stand. Dann klagte er über Schwindelgefühle, und bereits nach drei Tagen sträubte er sich, den Oberflächenraum zu betreten.
„Ich dachte Bio tut gut", jammerte er.
„Bei machen Dingen ,ja', bei anderen nicht."

Jesus war verunsichert.

Vom Regen in die Traufe

Es war so weit. Jesus und ich standen vor der CNC. Die Einweisung an der „Erhabensten" war geplant.

Wie aber sollte ich beginnen? Wie konnte ich ihm verständlich machen, dass er nicht einfach vor einer computergesteuerten Fräs- und Bohrmaschine stand, sondern vor der Geschichte des gesamten Schreinerhandwerks?

Die Sirenen von Odysseus fielen mir ein, diese göttlichen Wesen, die durch ihren betörenden Gesang den Wanderer zu seinem Untergang verführten. Um eine möglichst plastische Darstellung zu geben, forderte ich Jesus auf, sich die Gehörstöpsel tief in die Ohrmuscheln zu schieben, damit er dem „Sirenengesang" widerstehen konnte. Ich startet kurz die CNC und schaltete sie dann wieder ab. Der Klang war wunderbar, verführerisch wie am ersten Tag. Jesus fand das sehr lustig.

Ich aber wurde sehr ernst, als ich mit meinem Bericht über die Veränderungen im Schreinerhandwerk begann, an der die „Wunderbare" so wesentlich beteiligt war.

„Der Schreiner ist ein Hüter der Tradition. Doch mit einem Schlag hat ihn die industrielle Revolution eingeholt. Du siehst sie vor dir.
Die Veränderung kündigte sich schleichend an und wurde zuerst gar nicht als Veränderung wahrgenommen. Eine Schreinerei-Mutation war entstanden – der sogenannte Montagebetrieb.
Was harmlos begann und anfangs als ,Notfalldienst für Selbstmontierer' belächelt wurde, entwickelte sich in sehr kurzer Zeit zu einer Art Untergrundschreinerei. Ein Montage-betrieb, also ein Betrieb **ohne** Meister, sollte eigentlich Fertigteile montieren.
Was für eine Farce. Kein ausgebildeter Schreiner lässt sich in solche Vorgaben pressen, wenn ein Kunde mehr verlangt.
So begann die Verhöhnung eines Schreiner-sakramentes: die Verhöhnung des Meistertitels. Wie Pilze schossen die Montagebetriebe aus dem Boden. Sie übernahmen einen großen Teil der Arbeiten, die eigentlich für die Meister-betriebe vorgesehen waren. Und sie waren durchweg günstiger, weil sie mobil waren und keine teuere Werkstatt hatten. Sie kauften lieber Teile in Schreinerein zu oder mieteten sich kurzfristig in Schreinereien ein.
Was als Plage begann, entpuppte sich als große Chance für die Meisterbetriebe. Und so nahm

das Unheil seinen Lauf. Der Schreinermeister nutzte die Gunst der Stunde und erkannte sein Heil in der Zulieferung von Teilen mittels Einsatz von Hochtechnologie. Ein neues Zeitalter begann. Der Schreiner und seine CNC. Der Sprung vom 18. ins 21. Jahrhundert wurde vollzogen. Und dieser Sprung war aufregend und schmerzhaft zugleich.Traditionen fielen. Der Schreiner wurde gezwungen umzudenken. Für manchen Schreiner war das eine Katastrophe, denn plötzlich musste er Gebrauchsanweisungen lesen, was er früher kategorisch abgelehnt hatte. Der Umgang mit dem Computer wurde fast wichtiger und zeitintensiver als der Umgang mit der Säge. Handarbeit wurde durch industrielle Fertigung ersetzt. Feste Liefertermine, große Vorrats- haltung, große logistische Anforderungen. Neue Kommunikationstechniken. Ein Horror. Doch zuerst kam der teuere Kauf der CNC: **ein Kauf auf Hoffnung**.
In Zeiten des Goldfiebers setzt der Verstand plötzlich aus. Und es handelte sich um ein Spielzeug für Schreiner, da gab es noch nie Verstand. Überall Berichte, überall Lob, überall die neuen Verheißungen. Die Fachzeitschriften überschlugen sich mit CNC-Neuheiten. Die Eitelkeit war groß.

Die Gier war groß.

Und das alte Schreinerprinzip wirkte: **Er musste sie haben!**

Innerhalb von wenigen Jahren gehörte eine CNC genauso selbstverständlich in eine Schreinerei wie eine Säge. Und auf einmal hatten sie viele. Viel zu viele.

Und damit begann der Niedergang.

Für so viele CNC-Maschinen gab es keine Auslastung. Aber es kam noch dicker. Die Aufträge für Serienproduktionen wanderten in Billiglohnländer ab, die sich aufgrund der großen Auftragslage sehr großzügig mit den besten CNC-Maschinen ausstatten konnten. Und so zentrierten sich plötzlich billiges Material, billige Arbeitskraft und Hochtechnologie auf wenigen Flecken dieser Erde."

Zu Jesus gewandt sprach ich: „Hast du verstanden, dass eine CNC nicht nur eine wunderbare Maschine ist, sondern auch eine Mahnung für uns Schreiner, sich wieder auf unsere Traditionen von Service und guter Handarbeit zu besinnen?"

Jesus sah, dass ich ihn angesprochen hatte, und entfernte schnell seine Ohrstöpsel.

„Was hast du gesagt, Meister?"

Pünktlich wie ein Schreiner

Bei keiner Gruppe von Menschen wirkt die moderne Werbung so wirkungsvoll wie bei Schreinern. Ein Schreiner ist anfällig gegen jede Art von zeitlicher Fixierung.

Wenn es in der Werbung heißt: „Um 19.00 Uhr ist ein Kölsch angesagt", dann können Sie sich darauf verlassen, dass alle Schreiner um 19.00 Uhr ihr Kölsch trinken.

Lange Zeit lag im Dunkeln, welchen Umstand sich hier die Werbung zunutze gemacht hatte. Heute weiß man mehr. Wir sprechen hier von nichts Geringerem als von kollektiver Todesangstverdrängung unter Schreinern, denn nur die strenge Einhaltung der Termine sichert dem Schreiner das Überleben.

Das Unterbewusstsein konfrontiert den Schreiner ständig mit seiner Angst: Habe ich den Termin mit dem Kunden auch richtig notiert, wann ist der Abgabetermin des Angebotes, bis zu welchem Termin muss das Möbel eingebaut sein …?

Das Leben des Schreiners ist ein Leben mit dem Terminkalender. Und die Festlegung eines Termins ist die Hölle für jeden Schreiner, denn er weiß von vorneherein, dass er diesen Termin

nicht einhalten kann. Da es sich hier um ein existentielles Problem handelt, hat sich der Schreiner zu einem wahren Meister der Überlebensstrategien entwickelt.
Schreinerkollegen verabreden sich deshalb immer zu dem realistischen Termin:
Anfang, Mitte, Ende nächster Woche. Der Termin mit einem Kunden liegt in der Spannbreite von „frühem Nachmittag bis zum späten Abend", mal sehen. Der Termin für den Einbau eines Möbels heißt „im Laufe der kommenden Woche", was so viel bedeutet wie: „am letztmöglichen Tag, also am Sonntag", vielleicht.
Eine weitere Strategie des Schreiners, der zeitlichen Fixierung zu entgehen, ist seine Art, sich immer etwas Arbeit für den nächsten Tag aufzuheben. Auf diese Weise kommt es nie wirklich zu einem radikalen Abschluss oder einer Schocktrennung. Kein Schreiner will sein Stück loslassen, das er über Wochen liebevoll bearbeitet und gestreichelt hat. Jedes Detail ist ihm bekannt, er kennt alle Stärken und Schwächen. Er hat etwas Lebendiges erschaffen. Und kein Schreiner will sich so plötzlich von seinem Kunden trennen, mit dem er alle Probleme geteilt hat, von Anbeginn der schwierigen Auswahl bis hin zum langersehnten

Einbau, auf den beide gleichermaßen hin-
gefiebert haben. Kunde und Schreiner haben
getrennt und doch zusammen gelitten, sie sind
eins, sie sind Yin und Yang.

Um es nochmals klarzustellen: Kein Schreiner
ist wirklich unpünktlich. Ein Schreiner führt
einen verdeckten, verzweifelten Kampf – und
warum? Weil er sensibel und anhänglich ist.
Und ein Schreiner überwindet seine
Trennungsängste nur, weil er fähig ist, neue
Liebschaften einzugehen.

Kann man einem Schreiner dafür böse sein?

Jesus kam zu spät zur Arbeit.

„Ein Schreiner verschläft nie, ein Schreiner
kommt nie zu spät, merk dir das", kommentierte
ich ärgerlich.

Von Glaube und Aberglaube

Am nächsten Morgen war Jesus überpünktlich.
Er saß bereits am Frühstückstisch und schlürfte
genüsslich seinen Tee.
Es gibt manchmal Tage, da sollte man besser im
Bett liegen bleiben.
Das war so ein Tag.
Die einzige Freude war die Erwartung auf einen
köstlichen Kaffee von der neuen vollauto-
matischen Kaffeemaschine. Aber diese
bestimmten Tage haben es in sich. Die Kaffeemaschine funktionierte nicht. Kein Licht
leuchtete, kein Geräusch von frisch gemahlenen
Bohnen, nichts, einfach gar nichts.
Unausgeschlafen, verkrumpelt, ohne Kaffee
zweifelte ich am Sinn meines Lebens. Wenn die
wichtigste Maschine in einer Schreinerei
ausfällt, dann ist ein Schreiner sofort deprimiert
und hofft nur noch auf ein Wunder. Und da
Schreiner sehr gläubige Menschen sind, sind sie
auch für Wunder offen.
Ich hatte meinen Gehörschutz in der Küche
vergessen.
Und siehe da – ein Wunder!
Die Kaffeemaschine leuchtete und der Kaffee
sprudelte auf Knopfdruck heraus.

Ich war glücklich. Der Tag war gerettet, es war mein Tag, ein Tag, an dem noch viel Gutes passieren sollte. Ich war mir sicher, dass Jesus mit diesem Wunder zu tun hatte, und ich war gerührt von seinem Liebesbeweis für seinen alten Meister.

Wenn gute Dinge passieren, dann fühlt man wieder seine Kraft und Energie und ist voller Tatendrang. Ich wusste, an diesem Tag war alles möglich!

Seit Wochen beschäftigte mich ein Traum, ein typischer Schreinertraum. Der Traum von der Kleinserie. Einmal ein Möbelstück, das eigentlich immer ein Einzelstück ist, als Kleinserie auflegen, einmal hundert Tische auf einmal bauen. Eine Planung, ein Kunde, ein Auftrag, ein Stück.

Ich spürte es:

Gott ist mit mir.

Gott liebt mich.

Gott hilft mir.

Ich konnte einfach nicht mehr warten, es war göttliche Fügung, der ich vertrauen musste!

Endlich diesen langersehnten Schreinerwunsch in die Tat umsetzen.

Die Sache konnte starten. Ich orderte Massivholz für hundert Tische. Das Fax war draußen.

Ich bedankte mich bei Jesus für seine wunderbare Heilung der Kaffeemaschine. Doch Jesus starrte mich nur verdutzt an.

„Es tut mir leid, Meister, ich hatte den Stecker für meinen Heißwasserkocher gebraucht und vergessen, die Kaffeemaschine wieder einzustecken. Aber jetzt funktioniert sie wieder."

War es ein Blitz, der eben bei mir einschlug? Ich raste zum Telefon und rief den Holzhändler an. Ich musste unter allen Umständen mein Verhängnis stoppen.

Mein Holzhändler hatte das Fax erhalten, allerdings nur als leere Seite. Ich hatte das Schreiben mit der verkehrten Seite ins Faxgerät gesteckt.

Ein Wunder war geschehen.

Von Leiden und Klagen

Dass ein Schreiner in einer Welt von Selbst-
darstellern und Profitmaximierern überlebt, ist
ein Wunder. Ein noch größeres Wunder ist es,
dass er sich scheinbar mühelos in dem
bundesdeutschen Dschungel der Gesetze,
Vorschriften und Verordnungen zurechtfindet.
Nur wer den Kern einer Schreinerseele kennt,
weiß um sein streng gehütetes Geheimnis.

Ein Schreiner klagt und tut nichts.

Kommt eine Gesetzesänderung, klagt ein
Schreiner bitterlich, aber er rührt sich nicht.
Keine Regung, selbst wenn seine elementarsten
Interessen davon betroffen sind. Ein Schreiner
wartet und klagt. Er wartet auf die nächste
Veränderung. Die wiederum lässt nicht lange
auf sich warten. Und der Schreiner klagt weiter
und tut selbstverständlich nichts.
Und so geht das ewig weiter.
Jesus wusste nicht, was er davon halten sollte, er
wollte unbedingt dieses streng gehütete
Geheimnis der Schreiner erfahren.

„Meister, weshalb wehren sich die Schreiner
nicht gegen die vielen Ungerechtigkeiten
gegenüber den kleinen Handwerkern?"
Jesus war auf dem Weg ein Schreiner zu
werden, deshalb konnte ich ihn vorsichtig
einweihen.
„Ein Schreiner schweigt und klagt, weil er keine
Ahnung hat, worum es eigentlich geht."
Jesus war entsetzt.
Um ihm nur eine kleine Demonstration der
schwierigen Materie zu geben, fing ich an:
„Täglich ändern sich irgendwelche Gesetze und
Vorschriften. Betrachten wir einmal die letzten
drei Wochen: Da ist die neue Regel zur
Vorsteuerberichtigung, die neue Regel der
Umsatzsteuer bei eigengenutzten Immobilien
oder die der Dokumentationspflicht bei
Betriebsvermögen. Nicht zu vergessen die neue
Regel der Bauabzugssteuer bei Bauleistungen,
die Regel der Günstigerprüfung beim Lohn-
steuerabzug oder die der Firmenfreibeträge bei
Erbfall und Schenkung. Dann die neuen
Kontrollen bei den Kapitaleinkünften, die neue
EU-Zinsrichtlinie, die neuen Bestimmungen
über Steuer(un-)schädliche Lebens-
versicherungen, die neuen Lohnsteuerrichtlinien,
die neue Offenlegung bei der GmbH & Co. KG,
der Zuschlag bei der Pflegeversicherung …

Allein das Ausstellen einer einfachen Rechnung ist eine Wissenschaft für sich. Da ist seit Neuestem zu beachten ..."

„Halt", schrie Jesus, „genug!"

Jetzt fühlte Jesus wie ein richtiger Schreiner. Und jetzt begriff er auch, dass es ehrlicher ist zu schweigen als Unsinn über Unsinn zu reden.

Erfreulicherweise zeigt die Protesthaltung der Schreiner auch in anderen Berufsgruppen Wirkung. Man hört jetzt sogar von Steuerberatern und Juristen, dass sie mit der Flut der Gesetze völlig überfordert sind und sich beklagen, dass sie Teilbereiche ihrer Tätigkeit nicht mehr ausführen können. Und ich gebe es gerne zu, ein klein wenig Schadenfreude kommt auf, wenn man hört, dass kein Politiker in der Lage ist, seine persönliche Einkommensteuererklärung korrekt auszufüllen.

Schade, dass die Diskussion nie auf den Punkt gebracht wurde. Wir reden eigentlich nicht von Gesetzen und Vorschriften, wir reden hier über eine bundesdeutsche Krankheit, eine moderne Sucht. Gegen diese Sucht gibt es bisher keine wirksame Hilfe.

Einzig der Schreiner hat ein Mittel gefunden, diese Krankheit unbeschadet zu überstehen. Er tut nichts! Und er klagt!

Und dieses Nichtstun schafft sogar neue Arbeitsplätze. Irgendjemand ist jetzt dafür zuständig, dieses Nichtstun zu verwalten. Das ist sozial gedacht. Das ist Schreinerart. Das ist Klagen auf hohem Niveau: **Lerne Klagen, ohne zu leiden.**

Die Klagen der Schreiner sind bei Ämtern gefürchtet. Das Finanzamt zahlt deshalb immer pünktlich die Vorsteuerrückzahlungen. Ordnungsämter fürchten die Einsprüche der Schreiner, weil die Kosten des Einspruchsverfahrens immer höher sind als die Ordnungswidrigkeiten selbst.

Einzig beim Kunden hat der Schreiner noch große Defizite in puncto Klagen. So kommt es immer wieder vor, dass zu spät bezahlte Rechnungen der Kunden den Schreiner bei seinen eigenen Verpflichtungen in Schwierigkeiten bringen. Dann klagen Holzlieferanten und Zulieferer – und dieses Gejammer geht dem Schreiner ganz schön auf die Nerven.

Die Geisel des Schreiners

Wer denkt, dass Sisyphos eine schlimme Strafe
erleiden musste, der kennt nicht die täglichen
Qualen eines Schreiners mit seinen modernen
Kommunikationsgeräten. So ist ein Telefon
nicht etwa nur ein Telefon – ein Telefon ist ein
modernes Folterinstrument.

Das Telefon klingelt bereits, während der
Schreiner seine Werkstatt aufschließt. Es meldet
sich eine nette freundliche Stimme, die einen
tüchtigen Schreiner anzubieten hat. Parallel dazu
klingelt auf der ISDN-Anlage der Zweitapparat.
Eine private Krankenversicherung will
unbedingt ihren neuen Sondertarif vorstellen.
Und zum Schluss klingelt auch noch das
Faxgerät, das ein kostenloses Management-
Schnupperseminar ausdruckt, vermutlich von
der Sekte, die es auf Manager abgesehen hat.
Ein Angebot für Gummibäume folgt gleich
hinterher.

Freundlich lehnt der Schreiner alle Angebote ab.
Und normalerweise bleibt ein Schreiner auch
sehr freundlich, wenn nicht nach zwei Minuten
bereits der nächste Anruf gekommen wäre. Ein
x-beliebiges Wirtschaftsauskunftsbüro wollte
ihre gesammelten Daten über uns mit der

Wirklichkeit vergleichen. Ein sehr energischer
Herr fragte nach den Besitzern und den
Vermögens- und Umsatzverhältnissen der Firma
und bekam natürlich keine Antwort.
Er war beleidigt.
Ich war böse.
Mein Kaffee war kalt.
Das Faxgerät druckte eine Auftragsbestätigung
aus. Das Telefon klingelte. Ein Seniorendienst
hatte sich mal wieder einen neuen Wagen
angeschafft, und es war noch Platz frei für einen
Werbeaufdruck unserer Schreinerei. Alles sehr
günstig. Gestern hatten ein Kindergarten und
vorgestern eine Behindertenwerkstätte das
gleiche Anliegen. Wenigstens der Fahrzeug-
markt scheint zu boomen. Auch ich bräuchte ein
neues Fahrzeug. Aber ein Schreinerfahrzeug,
finanziert mit Aufdrucken von Seniorenheimen,
erweckt vielleicht komische Gefühle bei älteren
Menschen.
Also kein Fahrzeug. Und für Werbung fehlten
uns die Mittel.
Leider.
Gleich danach meldete sich ein Türlieferant. Wir
hatten bei unserer Preisanfrage die Maße
vergessen. Das holte ich sofort nach.
Die Telekom meldete sich. Ein neuer Tarif.
Nicht etwa der, den ich gestern im Briefkasten

gefunden habe, nein, bereits wieder ein neuer
Tarif, speziell für Unternehmer, der siebzehnte
in diesem Jahr. Ich trank einen Schluck kalten
Kaffee. Während ich mit geschlossenen Ohren
der Telekom lauschte, spielte ich an unserem
neuen Internet-Anschluss herum. Und plötzlich
war ich drin. Genau wie Boris. Ich war
begeistert. Seit Monaten entschuldigte ich mich
beim Finanzamt, wegen der misslungenen
Datenübertragungen. Im Halbschlaf scheint es
zu funktionieren.
Elektronische Post war gekommen: Angebote
über Valium, Viagra und Diamanten. Irgendwie
war die Reihenfolge der Angebote falsch. Zuerst
hätten die Diamanten kommen müssen, dann
Viagra und zum Schluss das Valium.
Ich war immer noch mit der Telekom ver-
bunden. Auf der anderen Leitung klingelte ein
Handyanbieter. Ich war versucht, die beiden
Telefonhörer zusammenzuhalten, um der
Telekom mit ihrem Konkurrenzunternehmen
eine interne Diskussion zu ermöglichen. Ich ließ
ab davon und verabschiede mich von beiden.
Allerdings konnte ich nicht verhindern, dass mir
beide ihre Angebote zufaxten.
Ich versuchte in meine Rosinenschnecke zu
beißen. Mehr als ein Biss war nicht drin. Ein
Schweizer Unternehmen meldete sich. Die

Dame sprach ein wunderbares Schweizerdeutsch. Ich hörte ihr gerne zu. Bereits nach dem ersten Einführungssatz wusste ich über ihr Angebot Bescheid, trotzdem habe ich sie nicht unterbrochen, wegen des schönen Dialekts. Ich verzichtete auf ein Schweizer Nummernkonto, da ich mir eine so lange Nummer mit Sicherheit nicht merken konnte. Seltsam fand ich allerdings, dass sich Schweizer Banken für deutsche Handwerksbetriebe interessieren. Wissen die noch nicht, dass aus dem goldenen Boden längst harter Beton geworden ist?

Noch schlimmer war der nächste Anruf. Eine Goldminenbeteiligung in Südafrika wurde mir angeboten. Ich war sprachlos. Automatisch biss ich in mein süßes Teilchen. Ich kaute und versuchte mich in die Rolle eines Goldminenbesitzers hineinzuversetzen. Ich verschluckte mich, als mir ein Vertreterbesuch angedroht wurde …

Ich legte einfach auf, aus Höflichkeit. Ich wollte endlich einen heißen Kaffee trinken und setzte Jesus ans Telefon.

Endlich Ruhe.

Es klingelte weiter. Jesus erledigte das souverän. Die jungen Leute haben ein gelasseneres Verhältnis zu modernen Kommunikationsmitteln. Und sie telefonieren

gern. Nach zwei Stunden telefonierte Jesus
immer noch. Und vor ihm lag eine lange Liste
mit Gesprächsterminen für mich: Kupfermine in
Kanada, Vorführtermin für eine Lackpistole,
Termine mit einem Versicherer zur Überprüfung
sämtlicher Betriebsversicherungen, Termin mit
einem Abfallbeseitiger, Termin für ein Angebot
eines Solarenergieanbieters, ein neuer Anbieter
für Beschlagstechniken, die Neuheiten auf dem
Markt der Schleiftechnik …
Ich war bedient.
Was war schon ein kleines Telefonat gegen das,
was mich am nächsten Tag erwartete.

Trautes Heim, Glück allein

Für einen Schreiner steht es außer Frage, dass in
seine eigene Wohnung nur die schönsten und
besten Möbelstücke kommen, die es gibt.
Ebenfalls außer Frage steht, dass das Beste und
Schönste nur der Schreiner selbst herstellen
kann. In dieser einfachen Feststellung ist die
Grundlage für einen lang anhaltenden Dauerstreit zwischen einem Schreiner und seiner
Ehefrau gelegt. Während sich die Ehefrau des
Schreiners mit der Studie von Wohnzeitschriften
und Katalogen sehr viel Mühe gibt, ein Wohn-
konzept aufzustellen, das ihre Vorstellungen von
gemütlichem Wohnen zeigt, findet sie beim
Hausherrn wenig Gehör.
Der Schreiner denkt nämlich praktisch.
Nach einem Jahr Wohnprovisorium, mit Biomatratze auf dem Boden und einer Schnell-
kochplatte auf Böcken in der Küche, drängt das
Problem. Und die Frage des Schreiners hat sich
längst verlagert von einem „Wie" zu einem
„Wann".
Das sind dann die Momente, in denen sich ein
Schreiner ernsthaft überlegt, ob er nicht eine
andere Schreinerei mit der Bewältigung dieser
schwierigen Aufgabe beauftragen soll. Nur sein

Stolz und die Tatsache, dass sich ein Schreiner
eigentlich keinen Schreiner leisten kann, hält ihn
von diesem Schritt ab.

Die entnervte Ehefrau, die ihre Kleider immer
noch in Stoffschränken unterbringen muss und
die als Notlösung einen Campingtisch und
Campingstühle im Wohnzimmer aufgestellt hat,
schreitet schließlich zur Tat. In einer Nacht- und
Nebelaktion kauft sie im großen Stil auf Raten
ein, in einem Möbelgeschäft und bei IKEA, in
einem Lampengeschäft und einem Küchen-
studio.

Der Schreiner ist entsetzt.

Einem Künstler, der Unikate herstellt, wird
Stangenware serviert – und das für sehr viel
Geld. Der Dauerstreit hat in diesem Moment
seinen Höhepunkt erreicht. Niedergeschlagen
wirft sich der Schreiner in seine neue Polster-
garnitur und legt die Füße demonstrativ auf den
neuen IKEA-Beistelltisch, der erstaunlicher-
weise hält. Dann schlurft er ins Badezimmer und
wirft seine schmutzigen Klamotten in den neuen
Plastikkorb anstatt in seinen holzverzierten
Wäschekorb, den er eigentlich an dieser Stelle
vorgesehen hatte. Apathisch benutzt er den
neuen Alibert und nicht seinen unübertroffenen
Badezimmerluxusschrank mit viel größeren
Spiegeln. Geschlagen und entmutigt setzt er sich

an den neuen Tisch mit Glasplatte anstatt an
seinen geliebten Nussbaumtisch. Der Blick unter
den Tisch erübrigt sich.
Zum Schluss prüft er mechanisch die sehr gut
laufenden Schiebetüren des neuen Wohn-
zimmerschrankes, die eigentlich Falttüren sein
sollten. Und schließlich fällt er erschöpft in das
neue Kiefer-Massivholzbett, dem die
Schreinerschwünge fehlen und das er in Erle
bauen wollte.

Was für eine Niederlage!

Nichts in der Wohnung erinnert den Schreiner
an das Luxusappartement, das er seit über zwei
Jahren im Kopf geplant hatte. Einzig sein
Meisterstück, eine sargförmige Standuhr (die
Schräge war Pflicht beim Meisterstück) erinnert
ihn noch an seine Schreinerherkunft.
In diesen Momenten fühlt sich ein Schreiner
sehr einsam. Und das sind auch die Momente, in
denen beim Schreiner urplötzlich Glücksgefühle
hochkommen.

Er ist noch einmal davongekommen.

Hassliebe

Sieht ein Schreinermeister mit seinem Betrieb
keine Perspektive mehr, dann spekuliert er nicht
etwa auf eine Millionenabfindung, wie dies
Manager aus der Industrie tun, sondern er
bewirbt sich um eine Stelle als Berufs-
schullehrer. Festes Gehalt, bezahlter Urlaub,
Freizeit und jede Menge Fitness.
Das ist der Traum eines jeden Schreiners.
Aber nicht die Annehmlichkeiten eines
Lehrerberufes lassen ihn diese Wahl treffen, ein
Schreiner hat eine Mission zu erfüllen. Die
Schule wurde längst zu einem Symbol einer
tiefen Kluft zwischen Ideal und Wirklichkeit im
Schreinerverständnis. Die Schule entfacht in den
jungen Auszubildenden einen Funken einer
angeblichen Allmacht. Sie erweckt in ihnen
einen schöpferisch formenden Geist und
suggeriert ihnen eine Welt, in der sie alle
Möglichkeiten haben, Mitgestalter zu werden,
sich eins mit der Natur zu fühlen, eingebettet in
einem mystischen Ganzen.
Dieser Glaube äußert sich in dem Bewusstsein,
„ein Schreiner ist kreativ in Holz".
Die traditionelle Arbeit an einem einzigen Stück
Holz fördert dieses Bewusstsein sehr. Das

tagelange Arbeiten mit der Rauhbank zur Herstellung einer ebenen Fläche und die anschließenden Schwalbenschwanz- verbindungen mit der Gestellsäge machen dem Auszubildenden den Widerstand des Holzes klar, seine Unberechenbarkeit, seine Tücken. Und hierbei erzählt jedes Stück Holz seine eigene Geschichte.

Hier muss man die jungen Leute verstehen. Gibt es eine größere Herausforderung, als diese geheimnisvolle Sprache des Holzes entschlüsseln zu lernen?

Voll gestopft mit einer mystischen Bedeutung des Schreinerberufes kommt der Auszubildende in einen Betrieb. Die Praxis heißt schleppen, schleifen, hobeln, Oberflächen behandeln, Staub schlucken und Kästen in irgendeiner Form herstellen und das in Massen. Fühlte sich das Holz in der Schule noch als ursprünglich lebendiger Werkstoff an, wirken kunststoff- beschichtete Span- und MDF-Platten mehr tot als lebendig.

Hier stürzen junge Menschen in eine tiefe Krise. Zweifel an der Berufswahl kommen auf. Sehnsüchte nach dem Verlorenen werden geweckt.

Es bedarf großer Anstrengung der Betriebe, um
dem Auszubildenden eine realistischere Form
des Schreinerverständnisses zu geben.
Hier wäre eine Pille des Vergessens angebracht.
Der Schreiner greift auf traditionelle Methoden
zurück und verpasst dem Auszubildenden eine
große Dosis Arbeit, die täglich gesteigert wird.
Die Schmerzen nehmen zu, die Erschöpfung
nimmt zu und der Kopf wird frei. Mit dieser
Methode haben es viele Schreiner nach ihrer
Ausbildung bis zum eigenen Betrieb geschafft
(Anmerkung: ... und manch ein Schreiner ist
mit dieser Methode zum Workaholic geworden).

Nun lassen sich Sehnsüchte allerdings nicht
ganz unterdrücken. In bestimmten Momenten
erinnert sich der Schreiner wieder, weshalb er
Schreiner geworden ist. Dann wird er plötzlich
sehr kreativ und er entwirft ganz tolle Möbel.
Dann holt ihn wieder die Wirklichkeit ein. In der
kreativen Zeit hat er nichts verdient!
So schwankt ein Schreiner immer zwischen
Traum und Wirklichkeit hin und her.
Und an diesem Punkt tritt nun die Lichtgestalt
der neuen Lehrergeneration auf die Tages-
ordnung, die es sich zur Aufgabe gemacht hat,
eine Brücke zwischen Traum und Wirklichkeit
zu bauen. Wohlgemerkt, wir sprechen hier nicht

von Lehrern, die von irgendwelchen pädagogischen Hochschulen kommen, wir sprechen hier von gestandenen Schreinermeistern.

Für einen Meister ist die Rückkehr in die Schule wie die Heimkehr des verlorenen Sohnes. Er kehrt zurück in die Stätte seines eigenen Anfangs, zurück zu seiner eigenen Unbegrenztheit.

So ein geläuterter Meister ist bereit! Er wird einen neuen frischen Wind wehen lassen, den Wind der Praxis.

Und seine praxisnahe Ausbildung fängt mit einer praxisnahen Sprache an. Keine modernen pädagogischen Ausdrücke.

Es beginnt der Rückgriff auf die altbewährte Schreinerpädagogik.

Genau wie früher heißt es jetzt:

„Spanne Sie des Ding oi", was übersetzt heißt: „… mit dem Festhalten einer Zwinge wird erreicht, dass ein Stück Holz beim Bearbeiten mit einer Säge nicht verrutscht, was wiederum einer Verletzungsgefahr vorbeugt."

„Do kann ma jo än Hut durchschmeiße", heißt so viel wie: „… die Lücke zwischen den Zinkenverbindungen sind noch zu groß und ungenau, mit etwas Übung wird das sehr schnell besser, du machst das schon ganz gut."

Diese Sprache versteht der Auszubildende, diese
Sprache berührt sein Herz.

Auch in der praktischen Tätigkeit lässt der
Junglehrer einen neuen Wind wehen. Zuerst
lehrt er das Arbeiten mit der Rauhbank, dann die
traditionellen Zinkenverbindungen mit der
Gestellsäge und vieles mehr …

Nach einer gewissen Zeit hat der Lehrer seine
tiefgehenden Reformen durchgesetzt. Der
tiefgreifende Konflikt zwischen Theorie und
Praxis scheint gelöst. Einzig der Lehrer selbst ist
unzufrieden. Als Schreiner hatte er einen
täglichen Bewährungskampf geführt.

Und jetzt?

Langeweile!

Und dagegen hilft nur eins: richtige Arbeit.

Es beginnt mit kleinen Aufträgen für Kollegen,
dann werden kleinere Erfindungen umgesetzt,
und schließlich melden sich wieder alte Kunden,
die man nicht enttäuschen kann. Jetzt laufen die
Maschinen im heimischen Keller auf Hoch-
touren, manchmal laufen die Maschinen in der
Schule noch zusätzlich.

So pendelt ein Schreinermeister im Schuldienst
zwischen Traum und Wirklichkeit hin und her.
Von dieser Zerrissenheit des Lehrers weiß ein
Schreiner im Betrieb nichts. Der Schreiner sieht
in dem Lehrer einen Flüchtling, den er verachtet

und zugleich bewundert. Und ein Lehrer weiß
nichts davon, dass er für die Schreiner im
Betrieb die verkörperte Hoffnung bedeutet.
„Wenn im Betrieb gar nichts mehr geht, dann
kann ein Schreiner immer noch Berufsschul-
lehrer werden."

Nachtrag:
Bereits in den ersten Tagen hatte Jesus Probleme
in der Schule. Schließlich wurde er vom
Religionsunterricht ausgeschlossen. Jesus
konnte einfach nicht akzeptieren, dass die
Aufzeichnung in der Bibel eine Schilderung
seines Lebens sein sollte.
Ich tröstet Jesus damit, dass er sich nach seiner
Ausbildung um die Stelle eines Lehrers
bewerben konnte. Und dann konnte er ja den
frischen Wind wehen lassen, genauso wie es ihm
seine Schreinerkollegen bereits vorgemacht
haben.

Albträume

Wer wissen will, was es mit dem „kollektiven Unbewussten" für eine Bewandtnis hat, der sollte einen Schreiner fragen.

Wenn Schreiner nachts schweißgebadet aufwachen, dann war es mal wieder so weit. Sie haben einen immer wiederkehrenden Schreinertraum geträumt, den Albtraum vom „Vermessen":

Du stehst in einem leeren Raum, einem Optikerladen zum Beispiel. Du misst alles genau aus. Du notierst dir die Zahlen ganz genau auf einem Blatt Papier. Trotzdem bleibst du unsicher. Also misst du noch einmal alles nach und notierst dir das Ganze auf einem neuen Blatt. Eigentlich könntest du dir jetzt sicher sein, aber eine seltsame Unruhe bleibt, die dich bis nach Hause begleitet.

Plötzlich taucht ein Gedanke auf: War die Nische abgerundet oder nicht? So muss sie aussehen. Oder?

Eine böse Ahnung erwacht. Ein Blatt mit Zahlen fehlt. Waren die Zahlen auf den beiden Blättern wirklich identisch oder nicht? Da helfen nur noch die Originalpläne des Architekten. Kein Sägeschnitt ohne gesicherte Zahlen.

Der Vergleich: alles falsch! Ich habe mich vermessen. Wie konnte mir so etwas nur passieren? Die eine Seite ist viel kleiner, als ich gemessen hatte.

Die Zeit drängt. Ich muss mit der Arbeit beginnen. Die Unsicherheit bleibt. Zuerst werden die Vitrinen gebaut. Sehr aufwendig. Sehr teuer.

Ich werde nicht fertig. Drei Nachtschichten hintereinander. Ich bin müde und am Ende meiner Kräfte.

Endlich der Einbau. In zwei Tagen ist Eröffnung. Ich bespreche den Einbau noch einmal mit der Kundin. Aus reiner Gewohnheit messe ich noch einmal nach.

Der Boden tut sich unter meinen Füßen auf. Stille.

Meine Schränke sind zu schmal.

Der Plan des Architekten war nur eine Vorskizze und nicht der richtige Plan. Ich hatte also doch richtig gemessen. Allerdings habe ich jetzt falsch gebaut.

Die Kundin fragt, ob alles in Ordnung sei. Alles ist in Ordnung.

Die Bilder verschwimmen vor meinen Augen. Noch ein Tag Zeit zur Korrektur. Nach einer Doppelschicht noch eine Doppelschicht. Allein.

Krankheitsausfälle.

Durchhalten.

Ich habe ein Zusatzteil gebaut, das ich als
Überraschung präsentieren werde.

Mehr Platz – gutes Argument.

Gleicher Preis – wird akzeptiert.

Einbau bis kurz vor Ladeneröffnung.

Die ersten Gäste kommen.

Sekt.

Noch zehn Schrauben.

Fertig.

Ich erwache aus meinem Tagtraum und schrecke
hoch.

Jesus hatte vor Entsetzen aufgeschrien.

„Meister", rief er, „ich habe nicht am zweiten
Riss abgeschnitten, sondern an meinem ersten
Riss bei zwei Meter. Das Teil ist zu kurz, alles
ist kaputt!"

Ich musste lächeln: „Das ist nicht schlimm,
Jesus, schlimm wird es erst, wenn du anfängst,
davon zu träumen, und deine Albträume
beginnen: JETZT."

Der kleine Unterschied

Es gibt Schreiner, die haben den Beruf erlernt, und es gibt Schreiner, die sind **wahre** Schreiner. Nicht Talent, Fleiß und Routine machen diesen Unterschied aus, es sind die Gene, oder besser ausgedrückt: Es ist ein einzelnes Gen, das Schreiner-Gen.

Wer im Besitz eines solchen Schreiner-Gens ist, ist ein begnadeter Schreiner, quasi mit göttlichen Fähigkeiten ausgestattet. Seine Möbel sind hingezaubert, in die Wohnung hineingeküsst, sie sind beseelt. Bei einem Schreiner ohne Schreiner-Gen ist das Möbelstück letztendlich schön und die Arbeit ist letztendlich gut, aber es war auch ein schwieriger Prozess des Werdens. Selbstverständlich wollte Jesus sofort wissen, ob er ein solches Schreiner-Gen besitzt oder nicht. Das war eine schwierige Frage. Ich sollte über etwas reden, was wissenschaftlich nicht bewiesen war und doch als Schreinerwahrheit galt. Nun ist das mit dem Wahrheitsbegriff eines Schreiners so eine Sache. Ernst Bloch würde hier bestimmt helfend sagen: Ein „wahrer" Schreiner ist genauso erkennbar, wie du einen „wahren" Freund oder eine „wahre" Geliebte erkennst. Du weißt es einfach, fertig.

Wir reden hier nicht über schwarz oder weiß, wir reden hier von einem tiefen Wissen, das man eigentlich nur über eine Stimmung vermitteln kann. Und genau das wollte ich Jesus vermitteln, eine Stimmung.

„Stell dir vor, Jesus, du arbeitest auf einer Baustelle. Es gilt ein Loch zu bohren, um die Türschwelle zu befestigen. Obwohl nichts passieren dürfte, trifft ein Schreiner ohne Schreiner-Gen genau die Fußbodenheizung. Er trifft ebenso sicher eine Wasserleitung oder ein Stromkabel, die es laut Plan gar nicht gibt. Ein Schreiner, der kein Schreiner-Gen hat, macht mit absoluter Sicherheit bei der Herstellung eines Schrankes mindestens einen Fehler, zum Beispiel bei der Größe der Schubladen, oder er verbohrt sich bei den Lochreihen.

Gelingt ihm ausnahmsweise ein perfekter Schrank, dann fällt ihm mit Sicherheit ein fertig lackiertes Teil auf den Boden, das dann eine Macke hat. Sollte er wider Erwarten auch diese Hürde nehmen, dann muss er einen Teil des Schrankes auf den Dachgepäckträger spannen, da die Ladefläche seines Auto zu klein ist. Und genau in dem Moment, in dem er losfährt, fängt es an zu regnen.“

„Das ist aber viel Pech auf einmal", meinte
Jesus.
„Nein, Jesus, kein Pech, es ist eine logische
Folge aus einem Mangel heraus. Ein solcher
Schreiner ist nicht in der Lage, seinem Werk
eine Seele einzuhauchen, seine Hand wird nicht
von einer göttlichen Macht geführt.
Ein Schreiner ohne Schreiner-Gen tut, was er
kann. Und das macht er gut. Hat er es geschafft,
dann ist er stolz auf sich. Er geht aber nicht über
sich hinaus. Er bleibt in der Routine und stellt
sich keinen neuen Herausforderungen.
Allerdings wird er in einem Punkt sehr perfekt:
Er wird ein Meister der Improvisation.
Wer ständig korrigieren, erneuern, umgehen und
retuschieren muss, der hat für die Vielzahl der
möglichen Mängel immer eine Lösungen parat.
Die Stücke sind am Ende korrekt. Der Kunde ist
zufrieden.
Aber …"
Jesus wurde immer ungeduldiger. „Meister,
kann ich meinen Werken eine Seele geben oder
kann ich es nicht?"
„Gegenfrage: Bist du ein Schreiner, den die
Aufgabe reizt und der immer mit den Grenzen
des Machbaren spielt, der etwas riskiert und der
ständig über sich selbst hinausgeht? Besitzt du
ein Urvertrauen in die eigenen Fähigkeiten?

Weißt du, dass es keine unlösbaren Probleme
gibt, sondern nur verfeinerte Aufgaben? Ist für
dich die Suche nach dem vollendeten Schwung
und der vollkommenen Harmonie die Suche
nach dem Heiligen Gral?
Wenn ja, dann gehst du mit deinen Möbeln ins
Bett und du wachst mit ihnen auf. Du lebst deine
Möbel und sie werden ein Teil von dir."
Jesus hielt es kaum noch aus. „Hab ich jetzt das
Schreiner-Gen oder hab ich es nicht?"
Ich gab Jesus die Bohrmaschine, um die
Wandaufhängung für den Hängeschrank zu
befestigen. Jesus starrte die Wand an und hielt
inne.
„Meister, hinter der Wand läuft eine Wasser-
leitung." Jesus berührte mit der flachen Hand die
Wand. „Und hier läuft ein Stromkabel."

Ich schaute Jesus ungläubig an.
Jetzt war alles klar.
„Mach dir keine Sorgen, Jesus, es ist unwichtig,
ob du das Schreiner-Gen besitzt oder nicht – du
bist Gott!"

Wenn ein Schreiner
Unternehmer wird

Jesus hatte in der Bild-Zeitung gelesen, was ein
Firmenboss eines Unternehmens verdient. Jetzt
wollte er unbedingt Unternehmer werden – mit
eigener Schreinerei, mit einem eigenen Stil.
Unabhängig und erfolgreich wollte er sein.
Und ich sollte ihm alle Grundkenntnisse des
Unternehmertums beibringen. Wenn ein
Auszubildender im ersten Lehrjahr sich solche
Ziele setzt, dann darf man ihn nicht enttäuschen.
Ich versuchte ihm in einem Satz, das Wesen des
Unternehmertums zu vermitteln.
„Wenn du Unternehmer wirst, dann wollen alle
nur dein Bestes – dein Geld!
Die ersten Ratschläge bekommst du umsonst,
danach wird alles teuer.
Die Handwerkskammer organisiert kostenlose
Unternehmensgründungsseminare. Die Banken
sind dort mit kostenlosen Beratern vertreten, die
Versicherungen zeigen dir anhand von kosten-
losem Informationsmaterial, wie du dich gegen
alle Risiken absichern kannst, Betriebsberater
checken kostenlos dein Unternehmenskonzept
und geben dir den kostenlosen Rat, es dir noch

einmal gründlich zu überlegen. Vertreter der Landesregierung erklären dir, wie du an ein fast kostenloses Darlehen für Unternehmensgründer kommen kannst. Dann kommen noch die kostenlosen Ratschläge von Freunden, Familie und von den Schreinerkollegen hinzu.

Und danach willst du nichts mehr wissen, sondern nur noch anfangen.

Also meldest du deine Schreinerei an.

Das ist noch ganz leicht und auch ganz billig. Einen Meister für eine Schreinerei musst du bereits haben, am besten einen Teilhaber.

Jetzt darfst du den Gesellschaftervertrag nicht vergessen, denn du brauchst ja schließlich ein Bankkonto. Ohne Vertrag – kein Bankkonto. Den Gesellschaftervertrag mit Festlegung der Gesellschaftsform macht dir ein Steuerberater für ein kleines Honorar. Gleichzeitig machst du mit ihm eine Vereinbarung über die Führung deiner Bücher und über die Erstellung der Jahresabschlüsse.

Ach ja, jetzt sollte die Bank dir auch einen Kontokorrentkredit genehmigen, denn du musst ja bereits die ersten Rechnungen für die Anmeldung und für das Honorar des Steuerberaters bezahlen.

Hast du Sicherheiten? Normalerweise ist Mama gut für solche Sicherheitsleistungen. In deinem

Fall ist es wahrscheinlich besser, du lässt die Mutter Gottes aus dem Spiel. Biete der Bank um Himmels willen nicht einen Planeten als Sicherheit an, eine kleine Goldmine reicht völlig aus.

Mit der Anmeldung kommt eine Flut von Papierkram auf dich zu. Es melden sich die unterschiedlichsten Behörden: die Stadt, die Handwerkskammer, das Finanzamt, das Landratsamt. Je nach Rechtsform kommt ein Handelsregistereintrag, der allerdings vorher noch von einem Notar aufgesetzt werden muss. Und jeder Brief hat eine Konsequenz: Er kostet dich viel Geld.

So wird die Handwerkskammer einen saftigen Jahresbeitrag und einen Umlagebeitrag erheben. Als Gegenleistung erhältst du eine Handwerker- zeitschrift. Man nennt diese auch das teuerste Jahresabonnement Deutschlands. Das Finanzamt wird ein sehr guter Freund, mit dem du monatlich im Kontakt bleibst. Du schickst ihm deine Umsatzsteuermeldung per Internet und hoffst darauf, dass du viel überweisen kannst, denn dann läuft dein Laden gut. Üblicherweise schickt dir das Finanzamt Geld zurück. Sie drücken auf diese Weise ihr Mitgefühl mit dir aus.

Du brauchst dringend ein Telefon und einen Internetanschluss. Eigenes Briefpapier. Betriebshaftpflichtversicherung. Krankenversicherung.
Hat sich die Berufsgenossenschaft schon gemeldet?
Ach ja, wir haben ja ganz vergessen, dass du auch eine Werkstatt brauchst. Mietvertrag! Stromanmeldung und eine zusätzliche Feuerversicherung.
Was machst du bei Lohnausfall im Krankheitsfall? Vergiss nicht eine private Haftpflichtversicherung abzuschließen.
Hast du schon Maschinen?
Du musst dringend arbeiten, um all das Geld zu verdienen, das du bereits ausgegeben hast. Um einen größeren Kredit kommst du jetzt nicht herum. Jetzt kannst du die Nummer mit den Förderkrediten laufen lassen. Vorsicht! Deine Begründungen müssen sehr gut sein, sonst geht gar nichts.
Ein Auto – ein Auto ist absolut notwendig. Wenn du ein vernünftiges Auftreten haben willst, wäre ein Leasingfahrzeug sinnvoll.
Ab jetzt beginnt das Spiel mit der Bank. Die ist sehr gewissenhaft in puncto Rückzahlung der Zinsen. Du brauchst dringend flüssiges Geld. Kannst du dir vorstellen, dass Liquidität vor

Rentabilität geht? Das ist kein Quatsch! Diese Weisheit wirst du noch bitter erfahren.

Wir sind immer noch nicht so weit, dass du zum Arbeiten gekommen bist. Wer sind deine Kunden, wo sind deine Kunden? Was hast du für unmittelbare Aufträge, vielleicht aus dem familiären Umfeld?
Mein Gott, weißt du denn überhaupt, wie man ein Angebot erstellt? Kennst du die neuen Vorschriften über die Erstellung einer Rechnung?
Oje! Wir haben die Händler vergessen. Du bist bei keinem einzigen Händler gelistet. Ohne Listung keine Lieferung. Hast du überhaupt Adressen, wer was liefert und zu welchen Konditionen?
Geh es langsam an. Nur kleine Lieferungen am Anfang.
Zuerst wollen die immer Bargeld sehen. Gott hin, Gott her, niemand vertraut dir.

Die Unterstützung der Schreinerkollegen hält sich plötzlich in Grenzen. Deine Freunde sind jetzt Konkurrenten. Ratschläge sind jetzt nicht mehr kostenlos. Sie sind nutzlos."

Jesus war sprachlos. Er schluckte kräftig.

„Meister, ich wollte doch eigentlich nur als selbstständiger Schreiner arbeiten. Als Unternehmer habe ich weder Zeit, Geld noch Freunde."
„So ist es Jesus: Schreiner und Unternehmer sind ein Paradoxon!"

Wenn die Sonne untergeht

Wenn die Sonne untergeht, werden Schreiner munter. Das Auto ist voll beladen, die Treppenstufen sind verpackt, die langen Wangen lagern auf dem Dachgepäckträger.

Der Auszug der Gladiatoren kann beginnen.

Der Moment der Wahrheit steht unmittelbar bevor. Passt sie oder passt sie nicht.

Wochenlange Arbeit steht auf dem Prüfstand. Entsprechend groß ist die Anspannung. Ein letztes Mal wird das Werkzeug gecheckt, ein letzter Schluck Kaffee, ein letztes liebevolles Streicheln über die Oberflächen. Man spricht sich gegenseitig Mut zu. Aufmunterndes Schulterklopfen, anerkennende Worte über das gelungene Werk.

Dann ist es so weit.

Es ist später Nachmittag.

Die Gesichter der Schreiner strahlen Zuversicht aus. Zwischendurch kleine Scherze, kleine Neckereien, kleine Bosheiten.

Es geht los.

Unglücklicherweise geht die Fahrt durch die ganze Stadt, vorbei an mehreren Schreinereien. Und wie bestellt stehen vor jeder Schreinerei Kollegen, die einem zuwinken.

Selbstverständlich erkennt jeder sofort die kostbare Fracht.

Endlich angekommen. Das Auto wird entladen. Mit großer Vorsicht werden die einzelnen Stufen in die Wohnung getragen. Es ist gutgegangen. Keine Kratzer, keine Macken. Jetzt kommen die großen Wangen. Eine zweigeschossige gewendelte Treppe in Eiche. Die Überprüfung des Treppenauges beginnt. Ein seltsames Gefühl steigt auf: Irgendetwas ist anders als beim letzten Mal.

Die Wange wird angelehnt.

Eine große Katastrophe! Die Treppe ist um zehn Zentimeter zu kurz. Das kann doch nicht sein! (Stille)

Alles wieder einpacken? Nicht sofort. Alles in Ruhe noch einmal betrachten. Zeit gewinnen. Die Kollegen in den anderen Schreinereien arbeiten noch, und es ist noch viel zu hell.

Wenn Schreiner Treppen ausliefern, dann geht die Sonne unter.

Jetzt wissen Sie warum.

Eigenbrötler

Böse Zungen behaupten doch tatsächlich, dass Schreiner ein Problem hätten, erwachsen zu werden. Noch böser sind die Unterstellungen, dass ein Schreiner eine versteckte Sehnsucht hätte, in den Mutterleib zurückzukehren.
Solche Behauptungen sind einfach unverschämt! Was hat die Tatsache, dass sich Schreiner in muffeligen, feuchten und dunklen Werkstätten wohl fühlen, mit einem Mutterleib zu tun?
Es geht hier einzig und allein um eine angenehme Atmosphäre. Der Schreiner braucht eine Umgebung, in der er sich wohl und geborgen fühlt. So ist das nun mal mit kreativen Menschen.
Ein Schreiner muss das Gefühl haben, dass er ungestört seine Welt leben kann. Dann entstehen Ideen, dann kann er aus dem vollen Potenzial seines inneren Reichtums schöpfen. Eine abgeschottete Werkstatt mit heimeligem Flair ist der beste Garant dafür, dass der Schreiner zum Schöpfer wird.
Und sollten Sie einen Schreiner sehen, der tief versunken in seiner Werkstatt vor sich hinbrabbelt, dann sollten Sie wissen, dass Sie Zeuge eines solchen Schöpfungsaktes sind.

Stören Sie diesen Schreiner nicht. Er ist
versunken in seiner Welt. Aus dieser Welt
schöpft er neue Kraft, aus dieser Welt entstehen
die neuen Dinge.

Aus diesem Grund kann ich auch behaupten,
dass die Sendung „Meister Eder und sein
Pumuckl" die meistverkannteste Fernseh-
sendung ist. Der Fernsehzuschauer glaubt doch
tatsächlich an eine lustige Erfindung eines
Fernsehautors. Das ist falsch!

Sie erhalten hier Einblicke in die geheimnisvolle
Welt eines Schreiners. Ein Schreiner hat
Visionen und er hat Fantasien. Daraus entstehen
letztendlich diese wunderbaren Ideen, die Sie
dann als Möbelstücke oder Erfindungen
bewundern können.

Der „Pumuckl" verkörpert die gesamte
Bandbreite an Gefühlen, die ein Schreiner
tagtäglich mit sich selbst durchlebt. Diese
Erlebnisse sind so intensiv, dass ein Schreiner
während seiner Arbeit die Außenwelt nur
bedingt wahrnimmt. Er hat mit sich selbst genug
zu tun. Diese reichhaltige Erlebniswelt macht
aus einem Schreiner einen besonders fried-
fertigen Menschen. Er braucht keine
aufregenden Konflikte oder Beziehungsdramen,
um sich zu behaupten.

Er ist, wie er ist.

Und genau dieses Selbstverständnis eines
Schreiners führt zu vielen Missverständnissen.
Wenn psychologisch angehauchte Kriminal-
autoren den Gärtner als traditionellen
Filmmörder durch den Schreiner ersetzen, dann
kann man nur sagen: schlecht recherchiert.
Diese Menschen haben die Schreinerseele nicht
verstanden. Was als Eigenbrötler dargestellt
wird, ist in Wahrheit ein Mensch, der seinen
inneren Reichtum lebt.

Jesus meldete sich zu Wort. Er war tief
beeindruckt von der Intensität eines Schreinerlebens, als er sagte: „Meister, auch ich will nicht
zurück in den Mutterleib." Und sich in der
Werkstatt umschauend, meinte er noch: „Aber
ich wollte auch nicht zurück in den Stall, in dem
ich geboren wurde."

Türensprache

Wenn ein Schreiner versehentlich zu viel
Material bestellt hat, dann ärgert er sich kurz,
aber heftig. Danach sieht er diesen Umstand als
Fügung Gottes und als Aufforderung, die eigene
Werkstatt zu verschönern.
Ein wunderschönes Glastürchen aus dem letzten
Küchenauftrag war übrig geblieben. Mit so einer
Glastür ließ sich ein schönes WC-Schränkchen
herstellen, damit endlich das Toilettenpapier und
die Scheuerutensilien richtig verstaut werden
konnten.
Tradition in einer Schreinerei ist es, so einen
Auftrag an einen Auszubildenden zu vergeben.
Jetzt war Jesus dran.
Ich gab ihm aus pädagogischen Gründen einige
Vorgaben, die er ganz genau einhalten sollte.
Das Schränkchen sollte weiß lackiert werden
und die Tür sollte den Korpus nicht verdecken.
Jesus strahlte, und ich fühlte mich mal wieder
bestätigt, dass Eigenverantwortung die wahre
Triebfeder des Lernens ist.
Anhand dieses kleinen Projektes lernte Jesus das
Wesen der Schreinerarbeit kennen: Er baute
einen Korpus.

Zwei Tage schuftete er konzentriert. Manchmal schimpfte er auf den Teufel und ehemals gutes Holz wanderte in den Holzcontainer. Die Lackoberfläche wurde gleich zweimal wieder abgeschliffen.

Ich mischte mich nicht ein. Ein Schreiner hat seine eigene Art zu lernen, er lernt durch Leiden. Schließlich war das Werk fertig.

Jesus war stolz und zufrieden. Sein erstes Werkstück hatte er an dem vorgesehenen Platz angedübelt, die Präsentation konnte beginnen.

Es ist ebenfalls Tradition in einer Schreinerei, dass das erste Werkstück des Auszubildenden eine besondere Würdigung erhält, deshalb trat die gesamte Mannschaft zur Besichtigung an.

Jesus ging voran. Er öffnete die Tür und wollte sogleich mit einer Rede beginnen. Ich sah auf das Badezimmerschränkchen, ich schaute auf den Plan, ich schaute Jesus an.

Was sollte ich tun? Das Schränkchen war schön, aber es entsprach nicht meinen Vorgaben. Ich hatte klar und deutlich gesagt, dass ich eine einschlagende Tür wollte und keine aufschlagende.

Jesus war geknickt. Er hatte viel Lob erwartet und jetzt sollte er eine einschlagende Tür liefern. Mit weinerlicher Stimme sagte Jesus: „Meister, das kann ich doch nicht machen."

Ich blieb hart. Bei genauen Vorgaben gab es keine Möglichkeit, einem eigenen Impuls zu folgen. Lernen durch Leiden! So ist das nun mal im Schreinerhandwerk.

Jesus bekam noch ein paar tröstende und lobende Worte von den Kollegen, dann blieb er allein zurück bei seinem Erstlingswerk.

Nach einer Viertelstunde kam der unglückliche Jesus zurück in die Werkstatt.

„Meister, ich habe es getan", sprach er.

Ich verstand nicht so genau, was er meinte.

„Ich habe die Glasscheibe eingeschlagen."

Jetzt wusste ich, was er meinte.

Ich hatte ihm nicht erklärt, was eine einschlagende Tür ist. Scherben hatte ich jedenfalls nicht damit gemeint.

Und so gilt das Prinzip auch für einen alten Schreinermeister:

Lernen durch Leiden.

Sonntage

Der Sonntag gilt unter Schreinern allgemein als Ruhetag. Endlich hat der Schreiner Zeit, sich um seine Maschinen zu kümmern, die Werkstatt wieder auf Vordermann zu bringen und die nächsten Angebote zu schreiben.

Jesus langweilte sich. Er schlenderte durch die Hauptstraße von Heidelberg, er besuchte das Schloss und sah sich die schönen Kirchen an. In der Heilig-Geist-Kirche blieb er an den Bildern des Kreuzweges hängen. Er war erschüttert über das Schicksal des Mannes am Kreuz.

Gleichzeitig stieg in ihm eine Wut hoch, die ihn zu einem Entschluss kommen ließ: Die Geschichte musste korrigiert werden!

Mit einer Predigt auf der Kirchenbank kam er allerdings nicht weit. Ordnungskräfte holten ihn sanft herunter und begleiteten ihn zum Ausgang. Vor der Tür bekam er noch den Ratschlag, dass er sich die Bergpredigt noch einmal genauer ansehen sollte, bevor er wieder Unsinn redete.

So kam Jesus nicht weiter. Er brauchte dringend Unterstützung.

Ich saß im Büro, als ich draußen in der Werkstatt laute Stimmen hörte. Jesus war gekommen. An seiner Seite waren zwölf

Wandergesellen aus dem Tischler- und Zimmererhandwerk.

Jesus freute sich: „Meister, hier kommt Hilfe. Das ist Jakob, Mathias, Thomas, Peter …"

Mir wurde ganz schlecht.

Die Zahl „Zwölf" kam mir verdächtig vor. Und die Namen der Kollegen beunruhigten mich ebenfalls.

Was hatte mir Gott noch am Telefon gesagt?

„Vorsicht, der Junior neigt zur Übertreibung, er will ständig die Welt erretten."

Hier war die klare Führung eines Meisters gefragt.

Zwölf Gesellen auf einem Haufen. Was für ein Glücksfall.

Mit vierundzwanzig helfenden Händen konnte ich mit einem Ruck das neue Vordach für das Holzlager aufbauen und parallel dazu einen Mauerdurchbruch zur hinteren Halle machen lassen.

Ich weiß, es war Sonntag. Aber hier handelte es sich um einen Notfall.

Und los ging es.

Wir arbeiteten bis spät in die Nacht hinein. Nach der Arbeit kam das Vergnügen. Die Großmetzgerei in der Nachbarschaft (auch ein Sonntagsarbeiter) hatte Steaks spendiert, ich besorgte die Getränke. Die Jungs waren supergut drauf. Wir haben jede Menge Flaschen geköpft und die ganze Nacht durchgefeiert.

Am nächsten Morgen kam der schnelle Aufbruch der Gesellen. In Frankfurt fand ein großes Treffen der Wandergesellen statt, bei dem keiner fehlen wollte.
Jesus war heiser vom vielen Singen, nur deshalb verzichtete er auf eine Abschiedsrede. Und ich atmete auf.
Wieder einmal hat die Schreinerarbeit der Menschheit einen Dienst erwiesen!
Ich muss es an dieser Stelle einmal deutlich ausdrücken: ‚Jesus ist noch nicht so weit!
Zuerst muss er seine Ausbildung beenden!
Ich und Gott werden dafür sorgen, dass er das auch tut. Ich stehe mit meinem Wort dafür ein, und Sie können sich gerne davon überzeugen, wenn Sie uns in Eppelheim besuchen.
Was nach der Ausbildung von Jesus wird, das kann ich nicht sagen.
Allerdings eines versichere ich Ihnen: Sollte es noch einmal zu einer friedlichen Revolution kommen, dann sind die Aussichten des Gelingens erheblich größer geworden als beim letzten Mal, denn dieses Mal wird ein gut ausgebildeter Schreiner die Geschicke lenken.